文春文庫

女と男、そして殺し屋

石持浅海

文藝春秋

目次

《依頼の決まり》

・ご自分の身分証明書と、殺したい人の写真をお持ちください。
・殺したい人の情報（氏名・住所など）をお知らせください。
分からない場合は、こちらでお調べするオプション（別料金）があります。
・ご依頼を受けてから三日以内に、
お引き受けできるかどうかお知らせします。
・お引き受けした場合、原則として二週間以内に実行いたします。

女と男、そして殺し屋

遠くで殺して

埼玉県所沢《ところざわ》市の所沢駅は、ターミナル駅としてそこそこの規模がある。けれど数分歩けば住宅街が広がっているから、住みやすい街だと思う。

そんな住宅街へ、駅方向から歩いてくる人影があった。

女性が二人。年恰好は二十代後半から三十代頭といったところだろうか。一人は濃い茶色の髪を背中まで伸ばしていて、もう一人は明るい茶髪をボブカットにしている。ボブカットの方はベビーカーを押していた。長髪の方はスーパーマーケットのレジ袋と大振りな紙おむつを両手に提《さ》げている。

依頼情報と調査によって、二人の名前はわかっている。長髪の方は角田《つのだ》ちなみ、ボブカットの方は浜坂愛里《はまさかあいり》だ。

二人は一軒家の前で立ち止まった。やや小さめの敷地に、三階建ての家屋が建っている。三階建てといっても、一階は駐車場がかなりのスペースを取っているから、実質は二階建てといっていいだろう。小振りとはいえ、築浅《ちくあさ》らしく、綺麗な家だった。

浜坂愛里がポーチから鍵を取り出し、玄関ドアを開けた。角田ちなみが開いたドアを押さえている間に、浜坂愛里がベビーカーごと玄関に入る。続いて角田ちなみが玄関に消えた。

二人が家にいる時間は長くなかった。十分も経たないうちに、玄関ドアが開く。角田ちなみが出てきた。浜坂愛里はドアノブを内側から持ったまま、半身を出している。

「いつも、ありがとね」

浜坂愛里が申し訳なさそうに言った。角田ちなみが両手を腰に当てて胸を張る。「なんの」

「もうちょっと、ゆっくりしていけばいいのに」

できるだけ社交辞令に聞こえないように、といった口調。それを察したのか、角田ちなみが片手を振った。

「もうすぐ義也《よしや》が帰ってくるでしょ。その前に退散するよ」

浜坂愛里の顔が歪《ゆが》む。口を開こうとするのを、角田ちなみが止めた。

「また来るよ」

「でも――」そこまで言った浜坂愛里を、また止めた。

「じゃあね」

角田ちなみは所沢駅への道を歩きだした。

知人宅を訪問する女性。それだけなら、おかしなところはどこにもない。それでも、やはり奇妙だった。

角田ちなみは、どんな気持ちで自分の生活を壊した家を訪れているのだろう。

＊　＊　＊

「仕事が来たぞ」

事務所に入るなり、塚原俊介《つかはらしゅんすけ》はそう言った。

「どんな奴だ？」

ソファを勧めながら、僕は尋ねた。約束の時間までに余裕があったから、コーヒーは前もって淹《い》れてある。応接セットのテーブルにコーヒーカップをふたつ置いて、塚原の正面に座った。

塚原は通勤鞄《かばん》からシステム手帳を取り出した。ルーズリーフ式で、不要になったページはすぐに処分できるタイプのものだ。

付箋《ふせん》の貼ってあるページを開いた。

「名前は角田ちなみ。西東京に住んでる三十歳の女性とのことだ」

システム手帳のポケットから写真を抜き取って、テーブルに置いた。視線を落とす。

写真には、長髪の女性が写っていた。カメラを意識していない様子から、隠し撮りだとすぐにわかる。

眼鏡はかけていない。細面《ほそおもて》の顔だちは整っているけれど、やや目鼻の距離が近いように感じられる。憶《おぼ》えやすい、特徴的な顔だちだった。

写真を裏返す。裏面には、角田ちなみという名前と、東京都西東京市の住所が書かれていた。姓には「つのだ」とふりがなを振ってある。「かくた」と読むこともできるから、間違いがないようにとの配慮だろう。

納得しつつも、僕は顔を上げて塚原を見た。理由は簡単。写真の裏面には、西東京市の他に、もうひとつ住所が書かれていたからだ。

塚原がにやりと笑う。

「今回の依頼には、オプションがついている。場所の指定だ。標的の住所の他に、所沢の住所が書いてあるだろう。そこから離れた場所で殺してほしい。そういう依頼だ」

あらためて、ふたつ目の住所を見る。塚原の言うとおり、所沢市の住所と、居住者らしい「浜坂」という姓が書かれてあった。こちらにも「はまさか」というふりがなが振られている。こちらは読み間違う可能性は低いから、単に依頼人が気の利《き》く人物だということなのかもしれない。

塚原がコーヒーをひと口飲んだ。

「そんなオプションをつけたら、依頼人はその浜坂って奴に決まってるじゃないか。単純というか、なんというか」

「そうとは限らないし、仮にそうだったとしても、依頼に必要な情報なら仕方ないんじゃないかな」

僕は答える。「そもそも、依頼人が誰かなんて、興味ないよ」

塚原が頭を掻《か》いた。「そのとおりだ」

僕は「富澤允《とみざわみつる》経営研究所」という事務所を開いている、経営コンサルタントだ。顧客は小規模事業者ばかりだけれど、それなりに数はいて、毎日忙しく働いている。

ただ、忙しいのは経営コンサルタントの仕事だけが理由ではない。副業で殺し屋をやっているからだ。高校時代からの友人である塚原と、もう一人「伊勢殿《いせどの》」という人物を介して依頼を受けて、人を殺す仕事をしている。一回の依頼は、基本料金が六百五十万円だ。収入としてはこちらの方が多いけれど、さすがに殺し屋を本業といってはいけないだろう。

塚原が表情を戻した。「どうする？　受けるか？」

いつもの問いに、少しひねりを加えた答えを返す。

「西東京に住んでいるのが本当に角田ちなみで、写真どおりの人物であること。それから所沢の住所が、本当に浜坂某の住み処《すか》なら、受けるよ」

依頼を聞いてから、受けるかどうかは三日以内に答えを出すことになっている。三日あれば、ふたつの住所に住んでいる人間を特定するのはたやすい。けれど僕はそこで話をやめなかった。

「ただし、伊勢殿を通じて、依頼人に確認してほしいことがある。『所沢の住所から離れたところ』とは、どの程度離れればいいのか。達成条件がわからないと、期待に添えない心配がある。その回答を聞いてから、引き受けるかどうかを決めたい」

「確かに、そうだな」うなずきながら塚原が言う。「場所指定のオプションは、百万円だ。そんなに払ったのに、殺し屋は近所で殺したなんて言いだしたら、支払いのトラブルになりかねない」

「そういうこと」僕は所沢の住所を指さす。「西東京と所沢は、地理的にはそれほど遠くない。答えを待っている間に、依頼内容が正しいか、調べておくよ。依頼内容が間違っていることは、珍しくないし」

宣言どおり、翌朝から精力的に動いた。そのおかげで二日かからずに、西東京市の住所に写真の人物が住んでおり、それが角田ちなみであることを突き止めた。同時に、所沢市の住所に一軒家があって、「浜坂」という表札がかかっていることも確認した。

「あら、塚原さん」岩井《いわい》雪奈《ゆきな》が笑顔で言った。「いらっしゃい」

「おや、雪奈ちゃん」事務所に現れた塚原が笑顔を返す。「来てたのか」

「ちょうど原稿も終わったから、様子を見に来たんだ」

依頼を聞いてから二日後の夜。引き受けるかどうか確認するために、塚原がやってきた。

本人の言葉どおり、今日は雪奈が来ている。僕が殺し屋だと知っているのは、旧友で連絡係の塚原と、恋人の雪奈だけだ。だから彼女がいても、塚原はまったく気にしない。

「オプションについて、伊勢殿が確認してくれた」

応接セットのソファに腰掛けて、塚原が口を開いた。「標的の住んでる西東京の住所から、所沢の住所までの間でなければ、いいそうだ」

「そうか」その情報を聞けば、十分だ。「受けるよ」

僕はそう答えて、二人の前に缶ビールを置いた。皿にはビーフジャーキー。依頼を引き受けた日には、ビールとビーフジャーキーで、ささやかな決起集会を開くことになっているのだ。

塚原は缶ビールを開栓しながら、ひとつうなずいた。

「わかった。伊勢殿にはそう伝えておく」

二人の連絡係、塚原と伊勢殿には、役割に違いがある。塚原は殺し屋担当、伊勢殿は依頼人担当なのだ。伊勢殿が依頼人から仕事の依頼を受けて、塚原に伝える。依頼を聞いた塚原が僕に依頼内容を伝える、という具合だ。

どうしてそんな伝言ゲームのようなことをやっているかというと、お互いの安全のためだ。伊勢殿は殺し屋である僕のことを知らないから、依頼人に殺し屋の情報を教えようがない。一方塚原は依頼人のことを知らないから、僕に依頼人の情報を教えることができない。だから仕事の後、依頼人は殺し屋に恐喝される心配がないし、殺し屋も口封じのために消される心配がない。

連絡係が二人いるから成り立つ考え方だ。一人だったら、依頼人を知った状態で殺し屋と向き合うことになる。依頼について話しているうちに、無意識のうちに依頼人の情報を口走ってしまう危険がある。それでは困るのだ。連絡係が二人なら、そのリスクは消せる。

臨床試験における二重盲検法《にじゅうもうけんほう》に似たシステムは、塚原と伊勢殿が考え出した。おかげで僕は安心して殺し屋業務にいそしむことができる。

塚原が続けた。

「依頼を受けてから原則二週間以内に実行するってのは、変更なしでいいか？」

「いいよ」僕もビーフジャーキーを嚙《か》みながら答えた。「角田ちなみが板橋《いたばし》の会社に出勤したことは、確認してある」

板橋とは、東京都板橋区のことだ。会社の最寄り駅も、ずばり板橋駅。標的の家からだと、西武池袋線《せいぶいけぶくろ》というう私鉄に乗ってターミナル駅である池袋まで行き、そこからJR埼京線《さいきょう》に乗り換えて一駅目だ。交通の便は、かなりいい方だと思う。

僕は続ける。

「いつものように一週間で標的の行動を調査して、残り一週間で実行するつもりだ。調査といっても、標的が目撃者のいない場所に一人でいる機会があるかどうかを確かめるだけだけど」

塚原が笑った。「標的のことを一から十まで知る必要はない、か」

僕の言いたいことを先取りして言った。僕も笑みを返す。

「むしろ、知っちゃいけないんだ。標的を詳しく知ってしまうと、実行時に余計な思いが込められてしまう。いわば依頼人が憑依《ひょうい》した状態になるわけだよ。それだと、警察が追える足跡を残してしまう危険がある。殺すために必要な情報だけ調べたら、さっさと実行して縁を切る。それが最も正しいやり方だ。でも——」

僕もビールを飲んだ。

「気になることが、ないでもない」

塚原と雪奈が同時に身を乗り出した。

僕は依頼についてきた写真を裏返した。「っていうと?」

「今回の依頼には、ふたつの住所が登場する。標的の住んでる西東京と、依頼人が近くで殺してほしくないという所沢。僕はどちらにも行ってみた。西東京の方には、きちんと標的が住んでいた。一人暮らしじゃない。高齢の女性もいたから、実家で母親と暮らしているようにも見える。もうひとつ、所沢の住人の顔も見ることができた。夫婦と赤ん坊の三人暮らしのようだ。どちらも一軒家だったけど、豪邸ってわけじゃない。庶民に手の届く範囲の家だった」

僕は立ち上がって机に向かった。引き出しから四枚の写真を取り出して戻ってくる。

「関係者だ」

ビーフジャーキーの皿を脇に移動させて、写真をまず一枚テーブルに置いた。

「標的の角田ちなみ。あらためて隠し撮りした」

隠し撮りには自信がある。目線は来ていないけれど、きちんと顔だちがわかるように撮ってある。自慢ではないけれど、依頼の写真よりもよく撮れていると思う。

次に、二枚目の写真を置いた。五十代から六十代とおぼしき女性が写っている。足がよくないのか、ステッキを持っていた。

「標的と同居しているみたいだから、母親だと想像できる」

そして三枚目。スーツ姿の男性を捉えた写真だ。三十歳だという角田ちなみと同年代に見える。

「所沢の家から出勤するところだ。おそらくは、家主の浜坂氏だと思う」

そして最後の写真。ベビーカーを押しているボブカットの女性。

「この女性も、所沢の家に住んでいるようだ。単純に考えて、男性の奥さんだろう」

塚原と雪奈がじっくり見られるよう、四枚の写真を横に並べた。そのまま数秒待つ。

「――あっ」

先に気づいたのは、雪奈だった。「似てる……」

「そうか」指摘されて、塚原も思い当たったようだ。顔を上げて僕を見る。

「標的の角田ちなみ。所沢の浜坂奥さん。それから角田ちなみと同居してる母親らしき女性。確かに、顔が似てる」

僕はうなずいた。

それこそが、僕が気になったことだ。三人の女性は、みんな細面で目鼻の距離が近いという、共通の特徴があった。

「親子、姉妹か」雪奈も顔を上げた。「角田ちなみの姉だか妹だかが、浜坂家に嫁いだ」

塚原が唸《うな》る。

「依頼人は、姉か妹に対する殺害依頼をかけたって？」

「そうとは限らないよ」僕は片手を振った。「浜坂某が依頼人かもわからないし、二人が姉妹かもわからない。仮にそうだったとしても、依頼人は妻じゃなくて夫の方かもしれないだろう」

塚原が瞬きした。「あっ、そうか」

「そう。その手の決めつけは、殺し屋が最もやってはいけないことだ」

「俺は殺し屋じゃないから」

塚原が悪びれずに答えて、ビールを飲む。缶をテーブルに置く音で空になったことがわかったから、冷蔵庫から新しいビールを取り出して、塚原に渡した。塚原が礼を言って受け取り、すぐに開栓した。僕も座り直す。

「浜坂某が依頼人かどうかとか、標的との関係がどうかなんてことに興味はない。でも、これから一週間ほどかけて、角田ちなみの行動パターンを把握する。浜坂某や母親らしい女性が家族だとしたら、角田ちなみの行動パターンに影響を及ぼす可能性がある。そこには注意したい」

「そっか。結婚しても、奥さんの実家が近いと、頻繁《ひんぱん》に帰るっていうもんね」

雪奈がじっと僕を見つめて言った。僕はさりげなく目を逸《そ》らす。

「そうなんだ。子供はまだ赤ん坊だ。浜坂某が西東京に行くことも、標的が所沢に行くこともあり得る。標的の家の最寄り駅は保谷《ほうや》だ。所沢まで、電車で二十分もかからない」

雪奈は沈痛な面持ちで頭を振ると、再び口を開いた。

「トミーの考え方だと、いざ実行する際に浜坂奥さんが近くにいるのは、あまり嬉しくないって感じか」

「そういうこと。依頼は、西東京と所沢の間では殺してくれるなというものだ。所沢の住人が近くにいるかどうかには触れていないけれど、常識的に考えて、近くにいない方がいいだろう。深く突っ込んだ調査をするつもりはないけど、標的である角田ちなみの周りにいる女性の動向も気にした方がいいと思ってる。まあ、大きな問題じゃないけど」

僕はビールを飲み干した。

「いくら近親者と近しい関係にあったとしても、一人になる時間と場所がまったくない大人なんて、いないからね」

「どうした？」

塚原が眉間《みけん》にしわを寄せて訊いてきた。「ずいぶんと、難しい顔をしてるな」

「本当に」雪奈も追随する。「面倒なことがあったの?」

指摘されたとおり、難しい顔で僕は答えた。「面倒というか、なんというか」

依頼を引き受けてから四日後。連絡係の塚原が、様子を見にやってきた。依頼を受けると、塚原は度々《たびたび》様子見に訪れる。実行は僕の仕事であり、塚原は手出しも口出しもしないルールになっている。けれど連絡係として気になるらしい。高い職業倫理観だと誉《ほ》めておこう。

一方、雪奈とは一応交際しているから、頻繁に会っている。殺し屋の仕事がないときは僕が雪奈のマンションを訪ねることが多いけれど、仕事に取りかかっているときは雪奈がやってくることが多い。直接仕事を手伝ってくれるわけじゃないけど、ときどき有益な助言をくれる。

「標的と関係者を、調べてみたんだ」

コーヒーメーカーが仕事を終えたようだから、立ち上がってキッチンに向かう。サーバーから三つのコーヒーカップにコーヒーを注いで戻ってくる。熱いコーヒーをひと口飲んで、話を再開した。

「結論から言うと、角田ちなみと浜坂家の奥さんは、やっぱり姉妹だった。角田ちなみの方が姉だ。妹は浜坂愛里という。旦那の方は浜坂義也といって、新宿《しんじゆく》の会社に勤務している。二人の間には、七カ月になる長男がいる。年長の女性は角田豊子《とよこ》といって、角田ちなみと浜坂愛里の母親だった」

僕の報告に、二人の客は表情を変えなかった。「やっぱり」「当然だろう」とその顔に書いてある。けれど僕の話には続きがあった。

「角田ちなみには離婚歴がある。角田は元々の姓で、離婚する前は浜坂といった」

「…………」

来客たちは、二人同時に口をあんぐりと開けた。別にその反応を楽しむわけではないけれど、僕は笑顔を作った。

「浜坂義也は、角田ちなみと結婚して離婚して、その妹の角田愛里と再婚した。そういうことらしい」

情報を頭の中で整理するためか、塚原がコーヒーカップを取った。コーヒーを飲んで、顔を上げる。

「どっちが先なんだろうな。離婚と、再婚相手との交際開始は」

「はっきりとしたことはわからないけど、得られた情報の時系列を整理すると、姉の離婚と妹の出産の間に、十月十日《とつきとおか》は空いていない」

「奥さんの妹と浮気したって？」雪奈が声を高くした。「それで妊娠させたっての？」

「そういうことになるね」

「ろくでもない奴だ」塚原が苦虫を噛み潰したような顔をした。「それにしても、この短期間で、よくそこまでわかったな」

「技術の進歩だ」僕はそう答えた。「これだけＳＮＳが発達していると、みんな無造作に個人情報を流してくれる。本人は隠しているつもりでも、複数の情報を総合すれば、わかってしまうものだ。その複数の情報は、隠し撮りした画像を元にＡＩに検索させたら、山ほど得られる。まだ精度は高くないけど、丁寧に拾っていけば、かなりのところがわかる。以前と比べると、ずいぶん楽になった」

「すごいね」雪奈が平板な声でコメントした。「でも、それだけならトミーが難しい顔をするわけない。何が引っかかってるの？」

「うーん」僕もコーヒーを飲んだ。「この前説明したとおり、僕が調べたのは、離れていてほしい浜坂家の人間が、角田ちなみの近くにいる可能性を考えたからだ。監視していたら、心配していたように、角田ちなみと浜坂愛里は頻繁に会っている。それも、角田ちなみが浜坂愛里の家に行く形で」

「………」

また沈黙。塚原も雪奈も、それぞれ聞かされた事実の意味を考えているようだ。

「それって」雪奈が口を開いた。「妹の育児が大変だから、手助けに行ってるってことかな」

「監視しているかぎりは、そう見えた。一緒に買い物に行って荷物を持ってあげたり、買い物をして浜坂邸に持って行ったりしてたから」

僕の答えに、塚原が唇を曲げた。

「美しい姉妹愛と言いたいところだが、その妹は、自分から夫を奪った女だぞ。よく手伝おうって気になるな」

「そうとも限らないでしょ」雪奈がすぐに反論する。塚原が訝《いぶか》しげな顔をした。

「っていうと？」

雪奈がコーヒーを飲んだ。

「旦那が奥さんの妹と浮気した。それはそうなんだけど、恋愛としての浮気の結果とは限らないってこと。奥さん以外の女性と恋愛関係になった、変な言い方をすればちゃんとした浮気だったのなら、塚原さんの言うとおり。でも酔った勢いとか、一回だけの過ちで妊娠ってこともあるでしょう。逆にいえば、ちゃんとした浮気だったら避妊すると思うよ。妊娠したこと自体が、そうでないことを証明している気がする。そんな状況だったのなら、憎む一辺倒じゃないんじゃないかな」

「そんなものかな」

よくわからないという口調で塚原がコメントする。僕に視線を向けた。いや、こちらを見られても困る。僕だってピンときていないんだから。

男どもの反応が鈍いことに雪奈は失望したような顔をしたけれど、話を続けた。

「そりゃ、最初は激怒するでしょう。今だって、完全に納得はしてないと思うよ。でも妹が妊娠したという事実は重い。旦那が自分と離婚せずに妹と結婚しなかったとしても、認知して子供の養育費は払わないといけない。旦那も同世代だから、給料もしれたもの。一軒家に住んでるのなら住宅ローンもある。そんな経済状況で、自分の家庭を維持したまま、もうひと家族養えるのか。無理にやろうとすると、どちらの家庭も苦しくなる。監視したトミーの口ぶりからして、角田ちなみに子供はいない。だったら自分が離婚して妹と結婚させるのが、現実的でしょう。妹だって、姉を不幸にしたくて浮気の相手をしたわけじゃない。交通事故みたいなものだったのなら、旦那は恨んでも、妹に対してはそうでもない。合理的な判断として、角田ちなみは離婚を選んだ。だったら、妹の手助けをするのも、わからなくはないでしょ。育児の手伝いは、母親に頼まれたのかもしれない。写真を見るかぎり、足がよくないみたいだから、しょっちゅう孫の顔を見に行くこともできないんじゃないかな」

立て板に水の説明に、男二人はただ聞いているだけだった。やや間《ま》を置いて、塚原が「お見事」と言った。雪奈が小さく笑う。

「さっき言ったように、ちゃんとした浮気の結果だったら、妹の子育てを手伝うなんてあり得ない。勝手にしろって感じ。でもトミーが嫌がる論法を使うと、角田ちなみが妹の子育てを手伝ってるという事実が、本気の浮気じゃないってことを証明してると思う」

「確かに、好きな論法じゃないな」僕は苦笑する。「自分の仮説に都合のいい事実だけを拾っている感じがするからね。でもユキちゃんの言うとおり、角田ちなみは離婚して、浜坂愛里は結婚して出産している。そして角田ちなみは別れた元夫の家に通って、妹の育児を手伝っている。それは間違いのない事実だ。僕にとって角田ちなみの心情は関係ない。事実だけが大切だ」

僕は表情を戻した。

「事実関係がわかって、僕が難しい顔をしてたのなら、それは塚原と同じ感想を抱いたからだ。自分を捨てた男の育児を、どうして手伝っているのかがわからなかった。いくら母親が妹だからって。いや、だからこそ。でもユキちゃんの説明を聞いて、ある程度納得がいった。だったら微妙な人間関係は忘れて、角田ちなみが元の家に行っていないタイミングで実行すればいい」

「そうだな」同意のコメントをしながらも、塚原はまだ納得がいっていないようだった。「雪奈ちゃんの説明には説得力があった。おそらくは正しいと思う。でも、だったら妹にしろ元旦那にしろ、角田ちなみに対しては申し訳ない気持ちと感謝の気持ちはあっても、殺そうとはしないんじゃないのか？」

「それなんだよね」雪奈がため息交じりに言った。「浜坂夫婦からすれば、子育てを手伝ってくれる角田ちなみは、必要な人間。生きていることで、明確かつ具体的な不利益があるわけじゃない。むしろ生きていてもらわなければ困る存在のはず。殺す理由がない」

「可能性があるとすれば」塚原が腕組みする。「角田ちなみは別にボランティアで育児を手伝っているわけじゃなかったってことか。いわばアルバイトとして、対価を要求した。角田ちなみに負い目がある浜坂夫妻としては、支払わざるを得ない。それがどんどんエスカレートしていったら、殺さざるを得ないかもしれない」

「それなら、来なくていいって言えば済むことじゃない？　育児の手伝いは、いるに越したことはないけど、法外に高いお金を要求されたのなら、普通にベビーシッターを雇った方が安上がりでしょ」

あっさりと雪奈が返して、塚原が口を半開きにした。「あっ、そうか」

「それに、角田ちなみは浜坂家の経済状態を知っている。なんたって、つい最近まで自分が家計を管理してたんだから。しかも今は、子育てというファクターが加わっているから、さらに出費はかさんでいる。むしり取ろうとしても、取れる金額なんてしれたもの。それを知ってる角田ちなみが、法外な要求をするとも思えない」

「うーん」塚原が腕組みした。「雪奈ちゃんは鋭いな」

雪奈が胸を張る。「でしょ」

「相手が金を持っていないことを知ってるのなら、相手の弱みを握って脅迫しているというのもなしか」

「そうだね。でも、お金を要求されなくても、殺す理由にはなるかも」

塚原がうんうんとうなずく。

「ポイントは、角田ちなみが浜坂義也の元妻だってことだな。いわば浜坂家の秘密を握っているわけだ。雪奈ちゃんが指摘したように、金をせびり取るようなネタじゃない。もっと深刻な、生活が根底から崩壊するような秘密を握られていたら、殺そうとするかもしれない」

「簡単に考えたら、浜坂夫妻のどちらか、あるいは両方が何かの犯罪を犯してるってことかな。角田ちなみがその証拠を握っているから、保身のために殺すしかないとか。角田ちなみ自身に告発する意志がないとしても、握られた方は、無邪気に信じるわけにはいかない」

「口封じか」塚原が自らの顎《あご》をつまんだ。「あり得るな。いくら経済的なゆとりがないといっても、本当に必要なら、なんとかして六百五十万円くらい用意するだろうし」

「そうだよね――」そこまで言って、雪奈が掌《てのひら》を塚原に向けた。「ちょっと待って。だったら、オプションなんてつけないいんじゃないの？　自分ちの遠くで殺してくれなんて。警察が動いたら、妹夫婦は一度は調べられることを覚悟しなくちゃいけない。自宅と実家の間を避けてくれなんて依頼じゃ、アリバイも作れないよ。そんなことのために、プラス百万円も払うのかな」

雪奈の指摘に、塚原が目を見開いた。しばらくそのままでいたけれど、目の大きさを戻して口を開く。

「そうか。逆に言えば、オプションをつけるのなら、もっと有効な条件をつけるはずだってことか。百万円も追加で払うんだ。それくらい要求してもいい」

「それもそうだし、そもそも離れた場所での実行なんてオプションには、メリットがない。事件現場が西東京だったら所沢の人間は疑われないなんてことは、あり得ないでしょ」

「そうか」塚原がコーヒーを飲んで答える。「角田ちなみが殺されたら、警察は被害者の過去を調べる。妹と元夫を絡《から》めた三角関係があったことは、すぐにわかってしまう。

西東京が西オーストラリアであったとしても、警察は疑うよな」

雪奈もうんうんとうなずく。

「逆に言えば、角田ちなみが浜坂家のすぐ近くで殺されたとしても、自分たちが手を下したのでなければ、捕まらない。それを期待して殺し屋を雇ってるのに、どうして意味のないオプションをつけたのかが、わからない」

「ってことは」塚原が唇を歪めた。「浜坂夫妻は、そんなことがわからなくなるほど追い詰められているか、わからないほどバカだったってことか」

「追い詰められてるってのは、あるかもね。自分たちを破滅させられる人物が、頻繁に姿を現す。しかも子育てを手伝ってくれる。悪意があるようには見えない。そんな状態だと、かえって不気味に感じるかもしれない。優しそうな顔で助けてくれる姿が、自分たちを追い込んでくる。お前たちの罪を知っているぞ、と言われているような気がしてくる。ただでさえ、こちらには相手の結婚生活を破壊したという負い目がある。精神が耐えられなくなって、殺し屋に依頼する。そんなストーリーかも」

「嫌だな、そのストーリー」塚原が渋面《じゅうめん》を作る。「なんだか、破滅に向かってまっしぐらって感じがする。依頼人の破滅に巻き込まれるのはごめんだ。といっても、我らが殺し屋殿は、そんなことに巻き込まれたりしないだろうけど——って、何やってんだよ」

塚原の尖った声に、僕はビジネス誌を読むのをやめて顔を上げた。「どうした？」

「どうした、じゃない」塚原が唇を尖らせた。「せっかく背景を考えてるのに、どうして参加しないんだよ」

「考えたくないからだよ」僕は即答した。「この仕事を始めてから、ずっと言っているだろう。依頼人が誰だとか、殺す理由はどうだとかは、知っちゃいけないんだ。僕が考えるのは、確実に殺して、捕まらないことだけだ。それが依頼人を護《まも》ることになる。オプションだって、そうだ。依頼人がオプションをつけた理由なんて、どうでもいい。百万円追加した甲斐《かい》があったと依頼人が思ってくれる仕事をすればいい」

正論を返され、塚原がのけぞる。「まあ、そうだけど」

「でも、顔が似てるって最初に言いだしたのは、トミーじゃんか」

雪奈も不満そうだ。「気になるから調べたんじゃないの？」

「そうだよ」僕は素直に肯定する。「それが標的の行動にどんな影響を及ぼしてるのか、オプションの遂行に障害にならないか。それが気になったから調べたのは本当だよ。そこで得られた結論は、姉妹であることは実行の障害にならないということだ」

僕はぬるくなったコーヒーを飲んだ。

「角田ちなみは、妹夫婦の家に子育ての手伝いに行っている。でも毎日通っているわけじゃない。普段は仕事を持っていて、その合間に手伝っているだけだ。角田ちなみの生活において、所沢に行っている時間はごく限られている。つまり、依頼人が避けてほしいエリアにいるのは、それほど多くないんだ」

塚原が思い出したようにうなずく。「そうか。確か職場は板橋っていってたな」

雪奈も瞳に理解の色を浮かべた。

「そうか。買い物や遊びに行くのも、所沢じゃなくて、より大きい池袋に行くだろうね」

「そういうこと。だから角田ちなみが避けたいエリアにいるのは、育児の手伝いに行くときだけだ。他の行動はすべて、同じ西武池袋線に乗るのでも、反対方向だ。チャンスは、いくらでもある。ただ――」

「ただ？」

二人に僕は困った表情を見せた。

「殺し方には、ちょっと工夫が必要かもしれない」


午後八時。

角田ちなみが店から出てきた。

池袋駅の東口から、歩いて十分ほどのところ。このエリアには、マンガやアニメのグッズを扱う店が多く存在する。けれど彼女が行ったのは、そういった店ではなかった。

角田ちなみを追うように、男性が店から出てきた。五十代くらいだろうか。タキシード姿の、品の良さそうな男性だ。

「行ってらっしゃいませ。お嬢様」

男性が恭《うやうや》しく頭を下げる。角田ちなみが振り返り、にこやかに返事をする。「行ってきます」

角田ちなみが入った店は、執事喫茶だった。欧州貴族の屋敷にいるような執事が店員として客をもてなすという、一風変わった喫茶店だ。メイド喫茶の男性版といったところだろうか。家から店に来てもらうのではなく、店が客の自宅という設定になっているのだろう。だから店を出る客に対して「行ってらっしゃいませ」と言って送り出す。なかなか考えられた業態だと思う。

池袋には何店かあるようだけれど、角田ちなみは繁華街から少し外れたところにある、この店がお気に入りのようだった。確かに、隠れ家のような感じではある。

執事喫茶のあるビルから人通りの多い道まで、二十メートルほど距離がある。そこまでの間は、閉店してしまった店のシャッターが並んでいる。向かい側は公園で、夜になると人気《ひとけ》はなくなる。つまり、執事喫茶に出入りする人間以外は、ほとんど人がいないのだ。

僕はそんなシャッターの降りた建物の間に身を潜めた。スリングショットを取り出し、構える。撃つのは鉛玉ではなく、落ちていた小石だ。角田ちなみが通り過ぎる一瞬を狙ってスリングショットを放った。

至近距離だ。狙いは外れず、小石が角田ちなみの側頭部に命中した。

「！」

角田ちなみが声なき声を上げる。よろめいたところに僕は足を一歩踏み出し、角田ちなみの腕をつかんで建物の間に引きずり込んだ。いきなりの展開に、角田ちなみはなすすべなく建物の間に転ぶ。僕はスリングショットを地面に置き、ナイフを取り出した。角田ちなみの横腹をナイフで刺す。肝臓のあるあたりだ。ナイフをこじって引き抜くと、大量の血が流れ出した。致命傷だ。角田ちなみは、間違いなく死ぬ。自分の身に何が起こったのか、まったく理解できていないだろう。理解できないまま死んでいく。それでいい。

さあ、ここからだ。不慣れなことをしなければならない。

僕はナイフをその場に捨てると、手袋をした手で角田ちなみのハンドバッグを取った。血が流れ出ていない場所で逆さにする。ハンドバッグから、財布やキーホルダー、スマートフォンといったものが次々に落ちてくる。

ハンドバッグを捨てると、財布を取った。紙幣を折らずに入れられる、長財布だ。開くと、数枚の紙幣が入っていた。一万円札が多い。クレジットカードや小銭には目もくれず、紙幣だけを抜き出してポケットに入れる。

地面に置いたスリングショットを回収しようと手を伸ばしたとき、近くに落ちているものに気がついた。先ほどまではなかったから、ハンドバッグに入っていたものだと考えて間違いない。掌に収まるサイズの、L字型の金属棒。それを見たときに、僕は依頼の全貌がわかったような気がした。

L字型の金属棒。家具の組み立てなどに使用する、六角レンチだった。

「えーっ？」

雪奈が大声を出した。「トミーってば、強盗殺人したの？」

この事務所は防音がしっかりしている。だから少々の大声では外に漏れることはない。それでも心配になってしまうほどの大きさだった。

僕は苦笑する。

「人聞きの悪いことを言わないでくれ、と言いたいところだけど、そのとおりだから、仕方がない」

「確かに、そのとおりだな」

塚原が新聞をテーブルに置いた。社会面に、事件の記事が掲載されている。ハンドバッグが物色されて、財布に金銭が入っていなかったことから、強盗殺人の疑いで警察が捜査していると書かれている。

僕は缶ビールを開栓した。無事に仕事を終えたから、今日は打ち上げとしてビールを出したのだ。

「一応、それらしく見えるように工夫したんだぞ。足のつきやすいクレジットカードや、嵩張《かさば》るわりには価値の低い硬貨は無視して、紙幣だけを抜き取る。これは窃盗犯の常套《じょうとう》手段だ」

塚原がビールを飲んで、思いのほか苦かったというように唇を曲げた。

「お前が金目当てだったはずがない。わざとそう見せたってことだよな」

「それはそうだよ」

「奪った金はどうしたんだ？」

「駅ビルのトイレで、細かく割《さ》いて流したよ。さすがに、被害者の指紋が付いた金を使う勇気はない」

「もったいない」雪奈が感情のこもらない声でコメントした。「それで、どうしてそんなことをしたの？」

「そうだね」僕もビールを飲んだ。宣言したように、僕は実行するまでは、余計な情報を入れないようにしている。けれど、もう終わった仕事だ。くだらない想像を膨《ふく》らませてもいいだろう。

「どこから話そうか。やっぱりオプションからだな。今回の依頼の特徴は、妙なオプションがついていたことだ。標的の家と、その妹の家の間を避けてほしいという大前提だから、二人とも反論しない。僕は話を続けた。

「塚原とユキちゃんが指摘したように、一見まったく無意味な依頼だ。距離が遠ければ疑われないってことはないからね。その点では、二人の推察は正しいと思う。でも、他はいただけない」

雪奈が不満そうな顔をする。「いただけないって、何が？」

「間違った考えをどんどん発展させたところだよ。育児を手伝ってくれる角田ちなみは、浜坂夫妻にとってありがたい存在だ。生きていると明確かつ具体的な不利益が生じるわけじゃない。むしろその逆。ユキちゃんはそう言ってた。そこまでは正しいんだ」

僕は恋人に困った笑みを向けた。

「でも、そこからがまずい。生きていてくれた方がいいはずなのに、殺害の依頼をした。どうしてだろう。そうか、大金を要求されているんだな。いや、浜坂夫妻はそんな金は持っていない。じゃあ、弱みを握られてるんだな。自分たちの罪を知っているんだ――そんなふうに話を転がしていった。たかりとか弱みとか犯罪とか、そんな話はどこからも出ていない。それなのに殺害動機を見つけようとして、根拠のない仮説を広げていった。それでは正解にたどり着けるわけがない」

ぐぬう、と塚原が呻《うめ》いた。「確かに、そうだな」

追い討ちをかけるわけではないけれど、僕は旧友に向かって言った。

「お前だって言ってたじゃないか。浜坂夫妻には、角田ちなみに対する申し訳ない気持ちと感謝の気持ちがあると。両者が今の関係になった過程を考えると、こちらは根拠があるといっていいと思う。それなのに、お前もそこから間違えた」

「そのとおりだと思うけど」塚原は反論を試みた。「じゃあ、どうして殺害依頼をかけたんだ？」

「だから、それが間違いなんだって」僕は辛抱強く答えた。「伊勢殿は依頼人の正体を明かしてくれないんだろう？　それなのに、どうして浜坂夫妻が依頼人だと決めつけるんだよ。依頼内容に住所が出てきたからか？　それに意味がないってのは、お前たちが話してたじゃないか」

また塚原が呻く。代わって雪奈が口を開いた。

「じゃあ、いったい誰が?」

「それを考えるヒントがある。ハンドバッグから落ちてきたもの」

「六角レンチか」塚原が答えを言った。「それがどう結びつくんだ?」

僕は立ち上がって戸棚に向かった。下の開き戸から工具箱を取り出す。工具箱を持って応接セットに戻った。工具箱を開いて、六角レンチを二人に示した。

「六角レンチは工具だ。普段はこんなふうに工具箱にしまっておいて、必要なときに取り出して使う。普通の家庭はそうする。家庭が会社であっても同じことだ。少なくとも、ハンドバッグに常備するものじゃない。でも角田ちなみは持ち歩いていた。頻繁に使う機会があるからこそ、ハンドバッグに入れていた。そういうことだろう」

僕は小さなため息をついた。

「今まで、二人の話を根拠がないってさんざんくさしてきたけど、ここからの話も想像だ。ユキちゃんは、角田ちなみがなぜ自分の生活を壊した子供の世話をしているかについて、説明してくれた。あれには説得力があった。破綻がないように思えたし、僕も信じた。実際、真実と認定してもいいと思う。でも、限りなく真実に近いからこそ、僕たちの心に角田ちなみのイメージが刷り込まれてしまった。自分は不幸になったのに、その原因を作った妹を責めることなく育児を手伝う、立派な人間だと。そのイメージは、角田ちなみが被害者であることに立脚している。じゃあ、被害者がやることは何だ？」

「復讐、か……」塚原が吐き出すように言った。僕はうなずく。

「復讐者が六角レンチを常備していた。何のために？」

「ああっ！」雪奈が叫んだ。「まさか、ベビーベッド？」

　僕はもう一度うなずいた。

「その可能性があると思った。妹の妊娠は、事故みたいなものだったのかもしれない。でも、実は許してはいなかったんじゃないか。浮気した元夫。浮気の相手をした妹。二人に対する復讐として最も効果的なのが、子供に対する攻撃だ。けれどあからさまな攻撃を加えたら、自分が警察に逮捕される。そこで一計を案じた。子供はベビーベッドで寝ている。育児の手伝いをしてるんだから、当然子供の近くに行く。そこで妹の目が離れた隙に、ベビーベッドのボルトを緩めたんじゃないか。ばれないように、少しずつ」

「だから六角レンチをハンドバッグに入れていた……」

　雪奈の言葉もため息交じりだ。

「そうじゃないかと思った。ベビーベッドの組み立ては、父親である元夫がやった可能性が高い。だったら、ボルトが緩んでベビーベッドが倒壊したら、それは元夫の責任になる。そこまで考えて行動したのなら、立派なものだ」

「そうだな――いや、ちょっと待て」

　塚原が大きな目をさらに見開いた。

「だったら、やっぱり依頼人は浜坂夫妻じゃないか。角田ちなみが生きていることで、明確かつ具体的な不利益があるんだから」

もっともな指摘だけれど、僕は別に目を大きくしたりはしなかった。

「そうか？　浜坂夫妻が角田ちなみの行為に気づいたのなら、締め直せばいいだけのことだ。角田ちなみだって、締め直されたことに気づいたら、自分の行為が相手にばれたことにも気づく。同じ手は使えない。他の手を考えつく前に、出入り禁止にすればいい。いくら負い目のある相手であっても、子供の命には代えられない。警察にだって相談するだろう。でも浜坂夫妻はそのような行動に出ていない。彼らはまだ気づいてないんだ」

「そっか」雪奈がつぶやいて、ビールを飲んだ。「母親か」

僕もビールを飲む。「そう思う。たとえば家の掃除をしているときに、床に置かれた娘のハンドバッグを倒してしまった。中身がこぼれる。そこに六角レンチがあったら、どう思うだろう。僕と同じ経路を辿《たど》って、妹夫婦への復讐に思い至る可能性は高い。実際に妹の家に行ってみると、果たしてベビーベッドのボルトが少し緩んでいた」

またビールを飲んだら、缶が空いた。立ち上がって冷蔵庫に向かう。缶ビールを三本取りだして、応接セットに戻ってきた。新しいビールを二人に渡して、自分も開栓した。

「ではどうするか。自分が六角レンチを持っていって締め直すのは不自然だ。さりげなく気づいたふりをして、妹夫婦にきちんと締めるように言うのが自然だろう。けれどその場には、姉もいる可能性が高い。足が悪い自分が孫の顔を見に行くときには、娘のエスコートが必要だから。そうすると、自分が気づいたことに、娘は気づいてしまう」

僕は恋人と旧友を等分に見た。

「二人は浜坂夫妻が角田ちなみに弱みを握られて追い詰められたって話をしてたけど、事実は逆なのかもしれない。母親は、娘の害意を知った時点で、娘の弱みを握ったことになる。でも、面と向かって質《ただ》せない。妹に伝えたら、どのような反応をされるかわからない。ただでさえ姉が離婚して妹が後妻に収まるという修羅場を経験したんだ。角田家は崩壊寸前になったことだろう。迂闊《うかつ》に口走れば、今度こそ、確実に崩壊する。人間関係だけの問題じゃない。緩んだボルトという、娘の殺意を具体的な形で見せつけられたんだ。娘の狂気に毒されたと言ってもいいだろう。母親は、娘の弱みを握ったことで、逆に追い詰められた。誰にも相談できずに、思いつめた挙げ句に殺し屋を雇うという結論に至った」

僕が言葉を切ると、事務所には沈黙が落ちた。三人とも黙ってビールを飲んでいる。やがて、塚原が沈黙を破った。

「確かに想像なんだろうけど、説得力があった。依頼人は母親なのかもしれない。じゃあ、あのオプションの意味は何だ？　あんな条件だと、母親にとっても意味がないように思うけど」

「ところが、そうでもない」

僕の答えに、塚原がまた目を大きくした。「っていうと？」

「六角レンチを見るまでは、動機についてはまったくわからなかった。でも二人の話を聞いていて、なんとなく思ったんだ。二人は、妹夫婦が依頼人という前提で、オプションの奇妙さを論じていた。でも僕は現実しか見ない殺し屋だ。立場に合わないオプションをつけるのなら、そもそも依頼人じゃないんだろうなって」

「…………」

「じゃあ誰だというふうに、僕は思考を発展させない。仕事には無益だからだ。登場人物は他には母親しかいないから、考えるだけ無駄だという思いもあった。でもなんとなくだけど、浜坂夫妻でなく母親が依頼人だったら、あんなオプションをつけるかもしれないと思った」

雪奈が首を傾げる。「どうして？」

「浜坂夫妻は依頼人じゃない。角田ちなみの狂気にも気づいていない。彼らは角田ちなみに対しては、申し訳ない気持ちと感謝しかない。彼らがそんな心情だったら、オプションで排除されたエリア、角田ちなみの家から浜坂夫妻の家の間で殺されるとは、何を意味するのか」

数秒の沈黙の後、雪奈がひとつうなずいた。

「角田ちなみは、妹夫婦の家へ育児の手伝いに行ったばっかりに殺されたことになるよね。最大限の迷惑をかけたのに、妹だからと育児を手伝ってくれている。それなのに、その途中で殺されたなんてことになれば、妹は激しく自分を責めるでしょう。母親なら、それは避けたい。姉の方は壊れてしまって、もうどうしようもない。それなら、せめて妹は護らないと。そう考えたからこそ、育児とは関係のない場所で死んでもらう必要があった」

「それで、あんな殺し方をしたのか」塚原が後を引き取った。「殺しから、育児につながる要素はすべて排除する。それが依頼人の狙いだったら、強盗殺人はもってこいの殺し方だ。妹夫婦とは完全に無関係な理由で殺されるわけだから。お前はそれがわかっていたから、財布を開いて金を抜き取るなんてリスクの高い行動に出たんだな」

「顧客満足度は上げておかないとね」

そう言って、僕は二本目のビールを飲み干した。

「らしくない判断だというのは、自覚してるよ。僕が今までやってきたのは、無意味な殺人だ。ただ人が殺されるというだけで、特別な意味があるわけじゃない。でも、だからこそ、警察はそこに意味を見出そうとする。それでも僕は捕まらないし、実行犯でない依頼人が捕まることもない。今まではそれでよかったんだけど、今回は浜坂夫妻が疑われる条件が揃っていた。浜坂夫妻が警察に少しでも疑われたら、依頼人の目的は達成できない。そう思ったから、あえて殺人に意味づけをした。今回はうまくいったけど、もうやりたくないね」

そして連絡係に顔を向けた。

「やり過ぎると、失敗するから」

ペアルック

夜の公園に、熱い息づかいが響いている。

住宅街の中心にある、児童公園。児童公園というだけあって、昼間は多くの子供が遊んでいる。けれど日が暮れてからは、子供の姿はない。だから夜八時現在、公園は彼らの使いたい放題だった。周囲の住宅とはある程度の距離があるから、多少の物音は迷惑にならないのも、使いやすい点だろう。

人影は三人分。男性が二人と、女性が一人だ。

男性の一人は、ボウリングのピンのような棒を、何本もお手玉のように宙に舞わせている。長袖のTシャツにカーゴパンツという服装は、動きやすさを意識しているからだろうか。全体的にグレーで色調をまとめている。靴も動きやすそうなスリッポンだ。

男性のもう一人は、砂時計のような形をしたものを、二本のスティックと糸で操っている。こちらも長袖のTシャツにカーゴパンツ、そしてスリッポン。色合いは、モスグリーンで統一している。

二人とも二十代の後半くらいだろうか。ほぼ同じ年恰好に見える。服装も似ているけれど、似ているのはそれだけではない。本人たち自身にも共通点があった。頭髪はどちらも短めの黒髪で、眼鏡をかけていない顔は、やや丸みを帯びたたぬき顔だ。兄弟と思えるほど似ているわけではないけれど、同じタイプと表現できる。

そんな二人の様子を、残る一人の女性が柔らかい表情で見つめていた。クリーム色のニットにブルーのチノパンツ、上から春物のパーカーを羽織っている。春になったとはいえ夜はまだまだ冷えるから、じっとしているのであれば、ちょうどいい服装だ。

「ふうっ」

モスグリーンの男性が動きを止めて、息を吐いた。グレーの男性も練習をやめた。二人並んで女性に近づいていく。女性が傍らのトートバッグからスポーツドリンクのペットボトルを取り出して、二人に渡した。

「サンキュ」

二人はそう言って、スポーツドリンクを飲んだ。その仕草も、シンクロしているかのようだった。

「全然、ダメだな」

ペットボトル半分を一気に飲んで、グレーの男性が頭を振った。「話にならん」

「そう?」女性が軽く首を傾げる。「相当仕上がってるように見えたけど」

「練習でこれだと、本番だと間違いなく撃沈だ」

らないと」

モスグリーンの男性も天を仰いだ。「あと二週間でこれだからなあ。もう少しがんば
「そんなに悲観しないでいいんじゃないの？」女性が笑顔で言った。「あと二週間も練習できるってことでしょ？」

モスグリーンの男性がため息をつく。「おまえは、いつも前向きだなあ」

他人事《ひとごと》だと思って、というニュアンスが含まれていた。けれど怒りは含まれていない。やれやれ、といった表現が最も近いだろうか。

「まあ、いいや。飯を食いに行こう」

途端に女性が目を輝かせた。「そうだね。奢《おご》ってくれるんでしょ？」

「それは兄貴に頼んでくれ」

「それは彼氏に頼んでくれ」

グレーの男性とモスグリーンの男性が同時に言って、笑いが起きた。道具を片づけて、三人並んで公園を出る。真ん中が女性だ。護衛のような男性二人の服装は、ほぼ同じものの色違いだから、ペアルックに見える。

確かに、仲が良さそうではある。

でも、どうしてあの二人は、いつもお揃いの服を着ているのだろうか。

＊＊＊

家に帰り着いたときには、午後九時を過ぎていた。

この時間帯だと、中学生の娘はまだ寝てはいないだろうけれど、夕食はとっくに済ませているはずだ。今日は帰りが遅くなるから、コンビニエンスストアの弁当でもいいと言って出てきた。キッチンに行ってみると、調理器具や食器がきちんと洗われて、洗いかごに載っている。内容から判断するに、パスタを茹でたようだ。

「あ、お帰り」

娘の彩花《あやか》が自室から出てきた。わたしは笑顔を返す。「ただいま」

「大変だったね」彩花がそう言って、いったん部屋に引っ込む。四角い包みを持って戻ってきた。「はい、誕生日」

言われてはじめて、今日が自分の誕生日だと思い出した。

母親の顔を見て、予想どおりだという顔をした。「おめでとう」

「あ、ありがとう」

戸惑いながら受け取る。彩花が笑った。「開けてみてよ」

言われるままに包装を剝く。中から、コーヒーカップが出てきた。猫のイラストをあしらった、おしゃれなカップだ。箱を見ると、美濃焼《みのやき》と書いてある。岐阜県の逸品だ。

「電子レンジにも食洗機にも対応してるから、使いやすいよ」

しっかり者の娘らしいセレクトに、思わず頰が緩んでしまう。

「ありがと。使わせてもらうね。じゃあ、早速ホットミルクを作るか。彩花も飲む？」

「飲む」

新しいコーヒーカップを洗って、布巾《ふきん》で水気を拭き取る。娘のカップと並べて牛乳を注いで、電子レンジに入れた。チン、と軽い音が鳴ったら、取り出してスプーンで軽くかき混ぜる。電子レンジを使うと、温度にムラが出るように思えるからだ。

ダイニングテーブルで向かい合ってホットミルクを飲んだ。

「今日は、大阪だっけ」

彩花の問いかけに、わたしはうなずく。

「そう。大阪の絵本作家さんが、うちに商品を卸してくれることになってね。挨拶に行ってきたんだよ」

わたしは鴻池知栄《こうのいけちえ》といって、インターネット通信販売業を営んでいる、個人事業者だ。取り扱っている商材が芸術作品やアイデアグッズだから、大きなビジネスにはならなくても手堅い需要がある。経営としては、まずまず安定しているといえるだろう。

今回面談してきた絵本作家は、最近業界で話題になっている。美大出身の主婦が、子供のために書いた絵本が商品になったというストーリーが、一般ウケしているのだ。ブレイク前に声をかけていたことが幸いして、こうして本を卸してもらえることになった。

彩花がミルクを飲んだ。「今どき、直接会いに行く必要があるの？　リモート会議とかで済まないの？」

「済まない」わたしは即答した。「商売は人間関係だからね。人間関係は、直接会って顔を見ないと始まらない。一度人間関係ができてしまえば、後はリモートでもなんとかなるんだけど、それでも直接顔を見せ続けるのは大切なんだよ」

ふうん、と娘はわかったようなわからないような返事をした。それでも母親が正しいことを言っていることは理解できたようだ。

「お母さんが、作家さんの囲碁の相手をしたり、バードウォッチングにつき合ったりしてるのも、その流れなんだ」

「そういうこと」

彩花が上目遣いでこちらを見た。「お母さん」

「何？」

「仕事のつき合いも大事なんだろうけど、いい人ができたなら、すぐに言ってね。お父さんが死んじゃってから、もう五年も経つんだから」

不意打ちにドキリとしたけれど、表には出さない。

「そうね。彩花が一人前になったら考えるよ」

娘が頬を膨《ふく》らませた。「もうっ」

「まあ、そんな人ができたら、ちゃんと言うよ」

疑わしそうな目をしながら、彩花がホットミルクを飲み干した。「ごちそうさま」

「カップは、そのままにしておいていいよ」

ありがと、と言って娘が自室に戻る。ふたつのカップを洗って、洗いかごの隙間に置いた。

バッグを持って仕事部屋に入る。今日は日帰り出張だったから、さほど大荷物でもない。バッグから書類を取り出して、定位置に戻す。そこで頭を切り替えた。

インターネット通信販売業者から、殺し屋へと。


噂で聞いていて、いったいどんなすごい人だろうと期待して会ってみたら、意外と平凡で拍子抜けした。

そのような経験はないだろうか。少なくともわたしは、他人にそんなふうに思わせることができる。殺し屋と聞いて会ってみたら、こんな平凡な中年女だったとすれば、さぞかしがっかりすることだろう。

もっとも、別に他人の期待に応えるために殺し屋をやっているわけではない。標的になった人に対して「殺し屋です」と自己紹介してから襲うわけでもない。そもそも、強く印象に残るようなタイプの人間は、殺し屋に向いていない。これといった特徴のない、一度会っただけでは憶えられないくらいがちょうどいいのだ。

外見はともかくとして、わたしは殺し屋を営んでいる。メインの職業は通信販売業者だから、殺し屋は副業ということになる。といってもこのふたつはつながっていて、殺し屋の依頼を通信販売の形で受けているのだ。

幸運を呼ぶアクセサリー、価格五百五十万円というのがそれだ。

他の商品と同じように見えるけれど、注文に添付ファイルが付いているところが、少し違う。添付ファイルに決められたルールに従ってパスワードを入力すると、殺してほしい相手の名前と顔写真、それから住所等の周辺情報が見られるようになっているのだ。

出張帰りの新幹線で、スマートフォンに注文の通知があった。まさか公衆の面前で内容を確認するわけにはいかないから、こうして帰宅してから添付ファイルを開いたわけだ。

『桑名《くわな》敬太《けいた》　二十八歳　東京都葛飾《かつしか》区』

ファイルには、そう書かれてあった。葛飾区の具体的な住所と勤務先、それから顔写真が続く。勤務先は墨田《すみだ》区の貿易会社となっている。葛飾区と墨田区は隣接しているから、通勤は楽そうだ。

顔写真を見る。やや丸顔だろうか。目も鼻も丸くて、たぬきを連想させる顔だちだ。なんとなく愛嬌が感じられる。頭髪は黒くて、短めに整えられている。真面目な会社員、といった風情だった。

添付ファイルに書かれてあるのは、標的の情報だけだった。殺害以外の条件は付いていない。急いで殺してほしいとか、希望の殺し方があるというわけではなさそうだ。では、いつものように淡々と作業を進めることにしよう。

翌日から、依頼の裏を取る作業に入った。依頼内容が間違っていることは、珍しくないからだ。二日かけて、葛飾区の住所に桑名敬太という人物が両親と一緒に住んでおり、顔写真と一致することを確認した。また墨田区にある、韓国から食材を輸入する会社に通勤するところも確認できた。

依頼内容に間違いはなかったから、『受注しました。一カ月以内に商品を発送いたします』と連絡した。これからしばらく桑名敬太を監視して、殺害できるタイミングを見つける。そして一カ月以内に処理する。それで完了だ。

依頼を引き受けてから十日後、わたしは電話をかけた。娘の言うところの「いい人」ではないけれど、夫と死別してからは、最も長い時間一緒にいる男性に。

二コールで回線がつながった。『お疲れさまです』

着信番号から、わたしであることは、電話に出る前からわかる。わたしも前置き抜きで始めた。

「お疲れ。わたしの仕事の方で話があるんだけど、空いてる時間はある？」

『ありますよ』ほんの少し、失望した響き。わたしは気にせず続ける。

「じゃあ、明日の午前中はどうかな。十一時くらいに行くから、その後一緒にお昼を食べよう」

『いいですよ』

「ありがと」

翌日。約束どおり、わたしは一軒家の玄関前にいた。呼び鈴を押すと、ほとんど間を置かずにドアが開いた。中から男性が顔を出す。「お疲れさまです」

男性――本多元《ほんだはじめ》が軽く会釈した。

「悪いね、時間を取らせて」

言いながら、中に入る。

本多がキッチンに向かった。戸棚から、焦げ茶色のキャニスターを取り出した。中のコーヒー豆を、電子秤《でんしばかり》で正確に計る。手回しのコーヒーミルで豆を挽《ひ》いて、広げたペーパーフィルターに移す。口の細いコーヒーポットから、丁寧に湯を注いでいく。流れるように優雅な作業だった。

家主の手元から視線を外して、広い部屋の中を見回す。

不思議なレイアウトの部屋だ。東半分と西半分の印象が、まったく違っている。東半分はイーゼルが立ててあるだけで、他にはほとんど何もない。

一方西側は、壁一面に書棚が備え付けられ、洋書がぎっしりと詰まっている。大きめのデスクには、パソコンとコピー用紙の束が載っていた。コピー用紙の方は、細かい文字が印刷されている。原稿が本になる前の、いわゆるゲラだろう。

「どうぞ」

淹《い》れてくれたコーヒーを、わたしの前に差し出した。礼を言って受け取る。まだ熱くて飲めないから、まずは香りを楽しむ。本多はコーヒー好きで、懇意にしているコーヒー店から新鮮な豆を買っているそうだ。それを丁寧に淹れてくれるから、味覚音痴のわたしにも、そのおいしさは十分にわかる。

「今度は、どんな依頼なんですか？」

小振りなテーブルを挟んで向かい側に座った本多が訊いてきた。

この部屋が示しているように、画家兼翻訳家というのが、彼の職業だ。部屋の東半分で絵を描いて、西半分でフランス語の本を翻訳している。芸術家と実務家の要素がいい感じで混ざり合っているから、魅力的かつ信頼が置ける人物になっている。

ただ、経済的には両者は対等ではない。翻訳家としての評判はいいようで、注文が途切れることはないそうだ。一方画家としては、人気があるとはいえない。彼の作品はわたしの店でも扱っているけれど、残念ながらあまり売れない。絵が売れた報告にこの家を訪れることは少ないから、その度《たび》に失望させているのは、申し訳ないと思っている。

ただ、本多には知られざる第三の顔がある。それがわたしの来訪に関係しているのだ。

わたしは添付ファイルを印刷したコピー用紙を取り出した。本多に指し示す。

「今回の標的は、この人。桑名敬太っていう」

どれどれと言いながら、コピー用紙を手に取る。短い時間で内容を確認して、視線をこちらに戻した。

「言っちゃ何ですが、平凡そうな人ですね。でも、気になることがあるんですか？」

「気になるというか、何というか」

　本多の第三の顔。それは、殺し屋の手伝いだ。一緒になって殺すわけではないけれど、相談に乗ったり、殺しやすい環境作りに手を貸してくれたりする。こちらの方でも、信頼の置ける人物だ。

　桑名敬太の写真を指さす。

「この人、残業が少ない職場みたいで、夕方には家に帰ってる。でも夜になってから、また外出するんだ。歩いて十分くらいの公園に行って、大道芸みたいなことの練習をやってる。ほら、ボウリングのピンみたいな棒を、何本も回すやつがあるでしょ？　お手玉みたいに」

「ジャグリングですか？」

「そうそう、そんなやつ。それはいいんだけど、練習するときは、一人じゃないんだ。同じような年恰好の男と一緒に練習してる。そっちは、何か砂時計のような形のものを、二本の棒と糸で操ってた。これも大道芸かな」

　本多がその光景を頭の中で再現するように、宙を睨《にら》んだ。「砂時計——ディアボロですかね」

「聞いたことない。本多くん、よく知ってるね」

「大道芸なら、ちょっと齧《かじ》ったことがありますから」

　初耳だ。「そうなの？」

とがわかる。

「パントマイムです。といっても、きちんとやったわけじゃありません。せいぜいが、宴会芸レベルです」

本多が肘を曲げて、両掌《てのひら》をこちらに向けた。それだけの仕草で、壁に手を突いたことがわかる。

本多とはそれなりに長いつき合いだけれど、経歴について詳しく聞いたわけではない。それでもパフォーマンスまでできるとは、さすが芸術家というべきか。

「ともかく、公園で練習するときは、必ずもう一人と一緒にやってた。十日間監視したけど、平日の夜はずっと練習してたよ。大道芸の団体みたいなものに所属してないかと思って検索したら、案の定、ふたりとも都内にある団体のホームページに出てたよ。もう一人の名前は都筑《つづき》章仁《あきひと》とあった」

わたしはバッグを探って、もう一枚紙を取り出した。「これが、都筑章仁。桑名敬太と同じ町に住んでる。さっき話した公園を挟んで、ちょうど反対側だね。調べたところでは、区内の郵便局で働いてる」

団体のホームページから印刷した写真だ。桑名敬太と同様、丸顔で目鼻も丸い。黒髪を短めにしているところも同じだった。

「二人の名前で検索したら、昔のニュースが出てきた。高校生が大道芸の大会に出たってローカルな話題。同じ高校の同学年と出てたから、高校時代からの友人なんだね」

「なるほど。今に至るまで友情が続いているわけだ」本多が写真を見ながら言った。

「せっかく標的が夜に出歩いてるのに、邪魔な奴が一緒にいるってことですね」

「そういうことなんだけど、さらに気になることが、ふたつある」

「ふたつですか」

「そう。ひとつは、公園に行くのが二人だけじゃないってこと。同年代の女の子が一緒なんだ。その子は大道芸の練習をしてないし、団体にも加盟していない。でもわたしが監視しているかぎり、標的が公園で練習するときは、必ず三人だった」

　本多がわたしの目を覗《のぞ》きこんだ。「当然、女の子の素性は確認してるんでしょう？」

　そのとおりだ。

「都筑成美《なるみ》って子だね。都筑章仁の妹なんだ。古びた一軒家に二人で暮らしてるみたいだった。亀戸《かめいど》の会社で働いてる。兄貴に似てたぬき顔だけど、なかなか可愛らしい子だったよ」

「妹、ですか」

　本多が懐疑的な反応を示した。無理もない。大人の女性が、兄の練習につき合って夜の公園に行くという絵が浮かびにくいのだろう。

「ここからは、監視しているうちに聞こえてきた内容を、わたしなりにまとめたことなんだけど。都筑章仁の妹の成美は、桑名敬太とつき合ってる」

　本多が「ほほう」と言わんばかりに唇をOの字にした。「桑名敬太は、友だちの妹を彼女にしたんですか。マンガみたいですね」

言いたいことはわかる。親友の妹とつき合うという設定は、フィクションの世界ではよく見かけるけれど、実際にやっている人を見たことがない。

「彼女のお兄さんと仲良くなったというよりは、そっちの方がありそうではあるね。つまり、邪魔になる奴は二人ってこと。それが気になることのひとつ目。もうひとつは、二人の服装なんだ」

わたしはまたバッグに手を突っ込み、別の紙片を取り出した。L判サイズの写真だ。

「この前の練習を、隠し撮りしたんだ」

本多が写真を覗きこむ。大道芸の練習をする、桑名敬太と都筑章仁が写っている。二人とも、長袖のTシャツとカーゴパンツを身につけていた。

「なるほど」こちらの言いたいことがわかったのだろう。本多が小さくうなずいた。「色違いのペアルックに見えますね」

「でしょ」

しかし本多が眉間《みけん》にしわを寄せた。「二人は同じ団体に所属してるんでしょ？　だったら団体の制服なのかもしれませんよ」

予想された反論だ。

「わたしもそう思った。でも他の日には、違う服を着てた」

わたしは別の写真を見せた。こちらは、ふたりともジャージを着ている。袖とズボンに縦の二本線が入っているブランドだ。ジャージだとあまりカラーバリエーションがないのか、二人とも黒地に白ラインだった。

「同じでしょ？」

「そうですね」本多は同意しながらも、眉間のしわを深くした。

三枚目の写真。ゆったりしたVネックのTシャツに、ボトムはレギンスにハーフパンツという出《い》で立《た》ちだった。レギンスはともに黒だけれど、Tシャツとハーフパンツは、やはりグレーとモスグリーンに色分けされている。

「確かに揃えてますね」本多は眉間のしわはそのままで、唇を富士山の形にした。

「でしょ。女の子だったら、仲のいい同士でペアルックってのはありがちだけど、男の子ではどうなんだろうね。その辺りを本多くんに聞きたくてやってきたんだけど――」

わたしは苦笑する。「その顔を見るかぎり、ないっぽいね」

「ないですね」表情はそのままで、本多が即答した。「僕が日本人男性の平均とは思いませんが、いくら仲がよくたって、友だちと同じ服を着るってのは、聞いたことがありません。ファッションを気にする奴ならむしろ外すでしょうし、気にしない奴ならそもそも合わせようとする発想も湧きません。高校の運動会で、クラス全員が同じTシャツを着るってのはありますけど、プライベートで、しかも二人ですからね」

「そうだよね」わたしは後頭部で両手の指を組んだ。天井を睨む。

「大道芸の団体からは、何かわかりませんでしたか？　ホームページに写っているメンバーが、同じような服を着てたとか」

「なかった」

本多が自らの顎《あご》をつまんだ。「考えられるとすれば、彼らが恋人同士だった場合ですが——ああ、ダメか。桑名敬太は、ペアルックの相手じゃなくて、その妹とつき合っているんでしたね」

「うん。仮に彼女がカムフラージュで、恋仲であることを隠してつき合ってるのなら、これ見よがしにペアルックを着るわけがない」

「わかりませんね」本多が顎から指を外す。「この三パターンの服は、練習には向いていると思います。演目にもよりますけど、大道芸はかなり身体を使いますから。練習に向いた服のバリエーションが限られていて、たまたま同じになったという可能性も、なくはありません」

本人もあまり信じていない口調だった。わたしは視線を天井から相棒に戻した。

「恋仲かどうかはともかく、意図的に服装を合わせてるのなら、親密さを想像させる。まだ十日程度の監視だからわからないけど、練習以外でも一緒にいる機会が多いようだと、ちょっと面倒だね。こちらとしては、一人きりになってほしいんだから」

テーブルの写真を片づける。

「まあ、もう少し監視を続けてみるよ。別に、夜の公園で実行する必要はないわけだから」

わたしはコーヒーを飲み干した。

「じゃあ、ご飯を食べに行こうか」

「そんなに服は要《い》らないんだけどな」

桑名敬太がブツブツ言っている。そんな恋人を、都筑成美が叱りつけるように言った。

「ダメだよ。今のTシャツ、首のところが伸びてるじゃんか」

「まだ着られるのに」

「ダメダメ。一緒に歩く、わたしの身にもなってよ」

土曜日の午後。二人はJR亀戸駅前にある、ファストファッションの店に来ていた。最寄り駅の新小岩《しんこいわ》駅から、総武《そうぶ》線に乗って二駅だ。都筑成美が勤める会社もここだから、土地勘があるのだろう。

人気店だけあって、若者だけでなく中年が着るような服も売っている。家庭の主婦が夫や息子の服を選ぶことは珍しくないから、中年女性が男物売り場にいても不自然ではない。だからわたしも、服を選ぶふりをしながら、耳をそばだてることができる。

「どれどれ」

二人はTシャツ売り場で足を止めた。陳列された商品をじっくり見つめる。といっても見つめているのは都筑成美だけで、桑名敬太はこっそりスマートフォンの画面を眺めていた。よほどファッションに興味がないと見える。

「これかな」

都筑成美が一着のTシャツを取った。ヘンリーネックのロングTシャツだ。色は、やはりグレー。「見てみて」

桑名敬太が慌ててスマートフォンをしまう。都筑成美がTシャツを恋人の身体に当てる。そのまま身体を鏡に向けさせた。

「サイズはいいね。よく似合ってるし。これでいい？」

「いいよ」

まったく頭を使っていない返答。都筑成美が渋い顔をした。

「もーっ、章仁はもうちょっと気を遣ってるのに」

桑名敬太は頭を掻《か》いた。

「章仁は、悠乃《ゆの》さんがいるからだろ」

「それは否定しないけどね。悠乃さんが服にお金をかける人じゃなくて助かったよ」

「お金をかけようにも、章仁も、給料は俺とどっこいどっこいだぜ。そんなに出せるわけがない」

そこまで言って、桑名敬太が何かに思い当たったような顔をした。

「そういえば、あの二人、七月だっけ」

都筑成美が表情を戻した。「そう。あと四カ月だね」

桑名敬太が難しい顔をする。

「ジューンブライドの梅雨時を避けたのかもしれないけど、最近は七月といえば猛暑だからなあ。白無垢《しろむく》とかだと大変かも」

「あれ？　聞いてない？　式場は北海道だよ」

「そうなんだ」桑名敬太が瞬きした。「そういえば『式に出てくれるか』って言われて、『出る、出る』って二つ返事でオーケーしたから、その先を聞いてなかった」

「富良野《ふらの》のラベンダー畑のすぐ近くにホテルがあって、そこでやるんだって。なんでも、前に悠乃さんが旅行に行って景色に感動して、結婚式をやるなら絶対にここと決めてたそうだよ。北海道だから、気温は大丈夫。そこまでの運賃とホテル代は出してくれって言ってるんだけどね」

ははは、と桑名敬太が笑う。「金がかかって仕方がない。結婚したら、真っ先に節約するのは旦那の服代だろうから、高級グセがつかないのは、いいことなんじゃないか。新居の家賃だって、バカにならないだろうし」

しかし都筑成美が片手を振った。

「章仁は、悠乃さんの家に転がり込むんだよ。向こうのご両親が、健康に心配があるみたいで、一緒に住んだ方がいいってことになったみたい。だから、家賃はかからない」

初耳だったようだ。桑名敬太は驚いた顔をした。

「でも別に、婿養子になるわけじゃないんだろ？」

「それは違うんだけど、実質的には向こうの家を継ぐ形になるんじゃないかな。なし崩し的に」

「そうなんだ」

「そう。向こうの家の人になっちゃうの」

感情のこもらない口調でそう言った後、会話を打ち切るように笑顔になった。

「じゃあ、会計しようか」

「うん」

Tシャツを持ってレジに移動する。

「今日は、どうする?」

レジの行列に並んで、都筑成美が恋人に問いかけた。桑名敬太が宙を睨む。

「この前はイタリアンだったな。じゃあ、前に行った、ベルギービールの店はどう?」

「ああ。ムール貝のビール蒸しを食べた店?」

「バリエーションがなくて、申し訳ないけど」

「そんなことないよ。おいしかったし——ほら、レジ」

いくつも並んだレジの左端が空いた。二人でレジ前に行き、スマートフォンの電子決済で支払いを済ませた。買ったTシャツを、桑名敬太がデイパックにしまう。

「じゃ、行こっか」

夜の十一時半。

二人が都筑成美の家に着いた。前もって到着時刻を連絡しておいたのか、兄の都筑章仁が玄関から出てきた。

「ちゃんと、送り届けたぞ」

桑名敬太が言い、都筑章仁がにやりと笑う。「サンキュ」

「明日は早いぞ。六時半集合だからな」

「おうよ。心配するな」

日曜日だと、公園には子供が大勢やって来る。それを避けて、早朝に練習しようということなのだろう。

「今日は、ありがとね」

都筑成美が、兄と並んで桑名敬太に手を振る。桑名敬太も手を振り返す。「じゃあ、明日」

玄関ドアが閉まり、桑名敬太も自宅に向かって歩きだす。同じ町内とはいえ、桑名家と都筑家は、公園を挟んで対称的な位置にある。歩いて二十分くらいだろうか。それでも若者にとっては、どうということのない距離だ。

酒が入っているためか、ゆっくりと歩いていく。公園までたどり着いた。さすがに今から練習はしない。そのまま公園を通り過ぎようとした。

――と。

桑名敬太が足を止めた。公園の方に顔を向ける。

公園には男性がいた。一人で、何かやっている。身体を動かしているのだけれど、ダンスのような激しい動きではない。パントマイムだ。

桑名敬太はその動きに吸い寄せられるように見つめていた。大道芸をやっている者として、関心があるのだろう。どのようなパフォーマンスをする人物なのか。

桑名敬太の意識が、パントマイムの男性に集中した。それはつまり、周囲に関心を払わなくなったことを意味する。

今だ。

わたしはそっと近づき、左腕を振った。手には、ストッキングが握られている。ストッキングの中には缶コーヒーが入っている。ストッキングは丈夫だし、スチール製の缶コーヒーは硬い。振り回せば、強力な鈍器になる。

鈍い音がして、ストッキングが桑名敬太の後頭部に激突した。

こちらの動きにまったく気づいていなかったようだ。攻撃をもろに食らって、桑名敬太はその場にうずくまった。

わたしは右手に針を持ち、桑名敬太に覆い被さるような姿勢で針を打ち込んだ。うなじの中央、盆《ぼん》の窪《くぼ》と呼ばれる柔らかい場所だ。びくり、と桑名敬太の身体が痙攣《けいれん》して、動かなくなった。

よし、死んだ。

自動車は通っていないし、近くの家からも見えにくい場所だ。夜遅いから、ほとんどの家の灯りも消えている。

わたしは針を桑名敬太の身体に残し、何事もなかったように歩きだした。ストッキングと缶コーヒーはバッグにしまう。

公園でパントマイムの練習をしていた本多は、こちらの作業が完了したことを確認して、動きを止めた。反対側の出口から公園を出る。

今回も、成功した。


「結局、何だったんですか？」

缶ビールを開栓しながら、本多が訊いてきた。

翌日の日曜日。娘は授業もなければ部活もない。面倒を見なくてもいい曜日だからということもあり、こうして昼間から本多と酒を飲んでいる。ひと仕事を終えたら、本多と打ち上げをすることにしているのだ。

「正直なところ、わからない」わたしはいかリングフライを噛《か》みながら答える。打ち上げには、スーパーマーケットでオードブルセットを買ってくるのが定番だ。ひょっとしたら本多は不満なのかもしれないけれど、零細通信販売業者が相手なのだから、我慢してもらおう。

「別に事情を知らなくても実行できたし、事情が実行の障害になるわけでもなかった。練習のときは都筑兄妹と一緒でも、帰るときは一人だからね。家の方向が違うから。だから知る必要はなかった。想像してることはあるけど」

「なんです?」

「そうだね」わたしは少しの間宙を睨んで、考えをまとめた。

「桑名敬太と都筑章仁は、二人で大道芸の練習をしている。そのときの服装がペアルックみたいだった。男同士のペアルックって何だろう、あり得るのか——最初わたしは、本多くんにそう聞いたよね」

「そうでしたね」

「そのときの本多くんの答えは『ない』というものだった。ファッションを気にする奴ならむしろ外すだろうし、気にしない奴ならそもそも合わせようとする発想も湧かないと。確かにそうだろうなと思った」

わたしはビールをひと口飲んで、喉《のど》を湿らせた。

「ファッションに興味があってもなくても、同じ服は選ばない。じゃあ、あの二人はどっちなんだろうと思った。平日は、わからない。通勤のスーツと練習着しか見られないから。でも昨日の土曜日に、桑名敬太は服屋に行ってくれた。彼女と一緒に」

わたしはファストファッション店でのやりとりを、本多に話した。

「桑名敬太は、ファッションにまったく興味がなかった。服は全部彼女任せ。ただ言われた物を着るだけということがわかった」

「まあ、ありがちですよね」本多もうなずく。「子供の頃は母親任せで、彼女ができたら彼女任せってパターンは、よくあります。本人に自覚がないから、着こなしの工夫は期待できません。勢い無難な恰好になるのは、母親も彼女も同じでしょう」

わたしもうなずき返す。

「桑名敬太は、まさにそのパターンだったわけだ。少なくとも今の服装は、彼女のチョイス。それがお揃いってことは、どういうことなんだろう」

本多が目を見開いた。「彼女が意図的にやったってことですか」

「そうだろうね。二人の会話からすると、兄の都筑章仁もファッションに興味がないようだった。どうやら彼女――婚約者がいて、その女性が都筑章仁の服を選んでいるらしい。都筑成美は、婚約者が選んだ兄貴の服を見て、同じものを恋人である桑名敬太に着せた」

本多が不同意の表情を浮かべた。「後追いで同じものを着せたと断定するには、やや弱い気もします」

「そう思うよね」わたしは肯定しながら否定した。「でも、都筑成美が気になることを言ってた。『悠乃さんが服にお金をかける人じゃなくて助かったよ』って。ここに引っかかった。兄貴の彼女が服にお金をかけなくて、どうして自分が助かるのか。彼女が兄貴に高い服を着せたら、自分も高い服を買わなくちゃならないからじゃないか。そう思った。桑名敬太は服に興味がないから、あまり高いと、さすがに断るでしょ」

本多が納得いったという顔になった。「なるほど」

「桑名敬太も都筑章仁も、練習着がかぶっていることに気づいても、練習着は動きやすいことが大事だから同じでも気にしない。元々関心がないし。ひょっとしたら都筑成美が『二人は同じチームなんだから合わせた方がいいよ』とか言ったのかもしれない。ファッションに興味がない二人は、反対する理由がない。それが、二人がペアルックになった背景。唯々諾々《いいだくだく》と妹や彼女のアドバイスに従った。そんな気がしてる」

「うーん」本多がビールを飲んでから唸《うな》った。「現象としてはそうなんでしょうけど、理由がわかりませんね。都筑成美は、兄貴と彼氏に同じ服を着せて、何をしたかったんでしょうか」

「わたしが想像したみたいに、同じ団体に所属してるんだから服も揃えた方がいいと考えたという可能性はある。でも、団体のメンバー全員が揃えているわけではないから、はっきり言って、まったく意味がない。とはいえ服を合わせるなんて行為が、経済的な利益を生むはずがない。だから都筑成美の自己満足なんだと思う。じゃあ、兄貴と彼氏に同じ服を着せたら、なぜ都筑成美は満足するのか」

「うーん」本多がまた言った。腕組みする。「単なる世話焼きってことはありますかね。鴻池さんのお話ですと、都筑兄妹は、一軒家に二人暮らしなんですよね。両親はすでに亡くなっていると考えられます。兄妹二人で肩を寄せ合って生きてきたのなら、だらしないとはいわないまでも、服装に無頓着な兄貴の世話を焼いた可能性があります。そして同じように無頓着な彼氏に対しても、世話を焼いた。でも都筑成美自身も、男性ファッションにそれほど詳しいわけではなかった。だからファストファッションの店に行って、無難な服を選んだ。結果として兄貴と彼氏が同じ服を着ることになった。兄貴の世話は、新しくできた彼女に引き継いだようですけど」

「あり得るね」

否定的な響きが含まれていたことに気づいたのだろう。本多が怪訝《けげん》な顔をした。わたしはまたビールを飲む。

「桑名敬太と都筑成美が付き合い始めた経緯を想像してみたんだ。桑名敬太と都筑章仁は、高校時代からの友人だった。大道芸という、高校生としてはメジャーとはいえない趣味を持っていたから、同志としてかなり仲良くなったのは間違いない。だとすると、高校生の頃からお互いの家を行き来したはず。そこで都筑成美は、兄の友人と出会った」

勝手に高校生時代の三人を思い浮かべる。まさしく青春の一ページだ。

「友だちの妹として優しくしてもらったでしょう。兄貴と仲がいい人だから、安心感もある。いつしか桑名敬太と都筑成美はつき合うようになった。都筑章仁としても、妹の彼氏が変な奴だったら困るけど、自分の友だちだったら安心だ。こうして、三人の良好な関係が成立した。三人が高校卒業後、大学に進学したのか、専門学校に行ったのか、高卒ですぐに就職したのかは知らないけど、少なくとも社会人になった今でも関係は続いている。本多くんが言ったように、まさしくマンガみたいだね」

本多が唾《つば》を飲み込んだ。「でも実際は、そうじゃなかったと？」

わたしは曖昧《あいまい》に首を振る。

「都筑成美は世話焼きなのかもしれない。指摘してくれたように、兄貴と彼氏の世話を焼いた結果、同じような服装にしてしまったのかもしれない。でも、同じ服の色違いだったり、ジャージに至ってはまったく同じだったりしてる。女の子の感覚からして、彼氏と兄貴をそこまで一緒にするかなと疑問に思った。だって、『同じような』じゃなくて『同じ』なんだから。いくらなんでも、もう少し分けるんじゃないか」

「でも、現実には一緒にしている……」

わたしは小さく息を吐いた。

「ここからは、さらに想像力全開。都筑成美は、わりと早い段階で気づいたんじゃないのかな。なぜ自分が桑名敬太を好きになったのか。友人の妹として優しくしてくれたことが背景だったとしても、別に決定的な要因があった」

本多の顔が強張《こわば》った。わたしが何を言いたいのか、わかったのだ。

「兄貴に、似ていたから……」

わたしはまたうなずく。

「ひょっとして都筑成美は、兄のことを好きだったんじゃないか。だから似たタイプの桑名敬太を好きになった」

本多が息を吸って、吐いた。「都筑章仁と都筑成美は、兄妹で関係を持っていたと？」

わたしはぱたぱたと片手を振った。

「それはないと思う。それだったら、都筑章仁は桑名敬太と、あんなに屈託なく話せない。おそらくは、妹の一方的な想い。ただ、深刻ではあった。自分は兄貴のことが好きで、そのために知らず知らずのうちに兄貴に似た男を好きになった。でも、兄貴とその男は違う人間。だったら、近づければいい」

「それが、同じ服を着せた理由……」

「たまたま二人とも服装に無頓着だから、そんな手段を使った。二人がファッションにうるさいタイプだったら、別のやり方で似せたでしょうね。ともかく、無事に兄貴のコピー品ができた。好きな兄貴自身も傍《そば》にいるし、恋人もほぼ兄貴だ。これで満足できるはずだった」

「でも、兄貴に恋人ができた」本多がゆるゆると頭を振る。「しかも、婚約してしまった。本当に好きな兄貴は、他人のものになってしまう。自分の手元に残るのは、ただのコピー品。そういうことですか」

「そう。兄貴に彼女ができたことで、都筑成美は思い知らされた。桑名敬太は、しょせんコピー品に過ぎないと。ニセモノは、要らない」

——そう。向こうの家の人になっちゃうの。

都筑成美の、感情のこもらない声を思い出す。彼女は、兄が手の届かない遠くに行ってしまうことを自覚したのだ。

「ちょっと待ってください」本多が掌をこちらに向けてきた。パントマイムとは違う、こちらを制止しようとする動き。「だったら、別れればいいじゃないですか。何も、殺し屋を雇って殺さなくても――」

「陶芸家が、不出来な作品を壊す感覚なのかもしれないね」わたしはそう答えた。「あるいは、中途半端に似ている分、かえって許せなくなったのかも。自分で似せておいて、これ以上身勝手な理由もないけど、感覚的には納得できる。でも、桑名敬太を殺すことには、もっと具体的なメリットがあるのかもしれない」

「……なんです？」

「都筑章仁の結婚式は七月。あと四カ月だよね。普通なら、もう止めようがない。でも妹の恋人が死んだら、どうかな。しかも殺されたとなったら、妹は精神的に大ダメージを負う。兄妹二人でずっと暮らしてきたのに、傷心の妹を放っておいて自分だけ結婚しようと思うかな」

本多が驚愕の表情を浮かべた。

「そ、それって」声が喉に引っかかったか、咳《せ》き込んだ。慌ててビールを飲む。「兄貴の結婚を妨害するために、恋人を殺した？」

「少なくとも、七月の結婚式は延期できる。もちろん婚約者も事情を知っているから、反対しないでしょう。でもいったん延期してしまったら、何が起きるかわからない。ドタキャンというほどではなくても、かなり近くなってからの延期だから、それをきっかけに兄貴と婚約者の間がギクシャクし始めるかもしれない。別れてしまうことだって期待できる。そうなったら、自分はまだ兄貴と一緒にいられる」

わたしの話は終わった。二人でオードブルを食べて、ビールを飲んだ。

「鴻池さんの説が正しいとして」

フライドポテトを飲み込んで、本多が口を開いた。「都筑成美は、今後どうしていくつもりなんでしょうね。たとえ兄貴の婚約が破棄されたとしても、自分と結ばれるわけがない。五百五十万円払って、恋人を死なせて、それでも得るものは短期間の安心だけなんですから」

「そこまで考えてないのかもしれないよ」わたしは答えた。「とにかく、目の前の状況をなんとかしたかった。目障りなコピー品を処分して、兄貴の結婚を止める。少なくともそれには成功した。でも、言ってくれたとおり、兄貴と結ばれることは一生ない。だったら、どうするだろうね。どうせ手に入らないのなら、いっそのこと壊してしまえ――」

「…………」

ビールを飲んでいるのに、本多の顔が白くなった。若い女の情念に恐怖したのだ。

そんな相棒に、わたしは微笑《ほほえ》みかけた。

「もしそうなったら、またうちに依頼してくれればいいね」

父の形見

「そういえば、今週末は父の三回忌なんですよ」

打ち合わせを終えて書類を片づけているときに、ふと思い出して口にした。

富澤允さんが、ノートパソコンを閉じたところで動きを止めた。「そうでしたか」

「ええ」僕はカップの底に残ったコーヒーを飲み干してから続ける。「父の菩提寺が山梨なんで、そこまで行くのが大変なんですが」

富澤さんは書類とノートパソコンを鞄《かばん》にしまった。

「お父様というと、このお店を立ち上げた方ですね」

「そうなんです。お墓が遠いので墓参りにもあまり行けませんから、上の部屋に仏壇を置いて拝んでいます」

富澤さんは天井を見上げた。上の部屋という言葉に反応したのだろう。

「よろしければ、お父様にお線香を上げさせていただけますか？」

富澤さんらしい申し出に、口元が緩んでしまう。

「ぜひお願いします。父も喜ぶでしょう」

富澤さんを、一階の店舗から二階の和室に連れて行く。富澤さんは仏壇の前に正座すると、置かれていた線香を数本取って、脇のライターで火を点けた。炎を掌《てのひら》で扇《あお》いで消して、香炉に立てた。遺影に向かって合掌する。数秒の後に合掌を解き、身体の向きを変えてこちらを向いた。頭を下げる。

「ありがとうございました」

「いえ、こちらこそ、ありがとうございました」

それでは、と階段を降りて、店舗兼住宅を出る。富澤さんは姿勢のいい歩き方で、駅に向かっていった。僕はその後ろ姿に一礼する。

いいコンサルタントに来てもらって、本当によかった。

＊　＊　＊

「ふうっ」

三回忌の法要を終えて家に帰り着いたときには、夜の十一時を回っていた。

「お風呂は、どうする？」

妻の問いかけに、僕は首を振った。

「今日は、いいや。明日の朝に入るから、お前が入ってくれ」

明日は日曜日だから、店も休業日にしている。さすがに疲れたから、今夜くらい、のんびりしていいだろう。冷蔵庫から缶ビールを取りだして、礼服のまま開栓した。ひと口飲む。

紙袋から、父の遺影を取り出した。法要後の会食の席に飾ったものだ。ダイニングテーブルに遺影を立てる。心の中で語りかけた。

——父さん。なんとかやってるよ。

父の病名が肝臓癌と聞いたときには、ショックはあっても驚きはなかった。就職のタイミングで親元を離れて独立していたから、毎日顔をつき合わせていたわけではない。それでも、不安要素があった。少し前にビジネスパートナーで仲のよい友人でもあった男性が、殺人事件の被害者になったのだ。よほどショックだったのか、それ以来生気がなくなり、酒量が増えた。一気に老け込んだ父が心配で、機会を作っては父の様子を見に行っていた。

調子がよくなさそうなのは、見ていてわかった。けれど病院での精密検査を勧めても、父の頑固な性格からして受け入れないだろうなと思っていた。だから、半ば覚悟していた。それでも「余命」という言葉が出てくるくらいに癌が進行していると聞くと、やはり背筋が凍るような感覚を覚えた。なんといっても、父はまだ還暦も迎えていなかったのだ。

父の死が避けられないことがわかった時点で、もうひとつの問題が僕に降りかかってきた。

父の店をどうするか。

父は無農薬有機野菜を販売する店舗を経営していた。そういった野菜を求める飲食店や個人、団体は少なくないらしく、わりと繁盛していたようだ。つまり、店がなくなったら困る人たちが、一定数存在するわけだ。父の死去と同時に店がなくなったら、今まで贔屓《ひいき》にしてくれていた顧客に申し訳が立たない。市場を通さず直接取引させてもらっている農家も困るだろう。

「店のことは、お前に任せる。継いでくれてもいいし、たたんでもいい」

病床で父はそう言ったが、継いでほしがっていることは、ありありとわかった。僕は妻にも相談した結果、勤務していた会社を辞めて、店を継ぐことにした。

今の会社が嫌いなわけではなかったけれど、業績的にも個人的にも行き詰まりを感じていて、ステップアップが必要な時期だった。小さな店とはいえ、ひとつの事業を経営するというチャレンジは、自分にとっても妻にとっても、そして父にとっても悪くない選択肢と思えた。

しかし、実際に店を継いでみて、途方に暮れた。

チャレンジは、今までやったことがないからチャレンジというのだ。やったことのないことは、どうすればいいのか、当然わからない。

父は末期癌で入院しており、まともな引き継ぎができるわけもない。比較的具合のいいときに父の話を聞き、伝票などを見ながら、なんとか毎日の業務を回した。しかしただ毎日の業務をこなすのと、店を維持発展させることは、まったく別の話だ。そんなことくらい、経営の素人である自分にもわかる。

それだけではない。僕は店を継ぐという行為を、父を通してしか考えていなかった。けれど冷静になって考えてみれば、僕自身は無農薬有機野菜になど、まったく興味がなかったのだ。

これでも理系の大学を出ている。農薬も化学肥料も、適正に使用すれば安全で有益なものだとわかっている。むしろ無農薬有機農法は、野菜に無理をさせているだけあって、小さくて形がいびつなものが多い。スーパーマーケットの店頭で売られているものの方が、明らかに見栄えがよい。無農薬有機野菜に、価値はあるのだろうか。

確かに販売価格はスーパーマーケットよりもかなり高いけれど、無農薬有機農法を実践している農家は少ないし、手間がかかるから原価も高い。利益率が低いわけではないが、特別に高いともいえないのだ。流通量も少ないから、商材を確保するのもひと苦労だし。

興味がないうえに、経営的にも難易度が高い。これでは店を続けられない。さあ、どうしよう。

そんな僕に、救いの手が差し伸べられた。

「経営コンサルタントに相談すれば？」

高校時代の同級生たちが、僕が地元に戻ってきたことをネタに、お帰りなさい会を開いてくれた。そのときに、同級生の一人がそう言ったのだ。

彼は地元大学の教育学部を出て、地元の中学校で数年間教師をやってから、父親が経営する学習塾に転職した。つまりは僕と同じ、跡継ぎだ。そして彼も同じように先行きに不安を感じて、経営コンサルタントに相談したらしい。

「コンサルタント？」

訊き返した響きに、懐疑的なものが含まれていたことは否定しない。会社勤務の頃を思い出す。経営企画室にいた同期が「経営コンサルタントの助言で稼いだ利益と、彼らに支払う報酬のどちらが高いか、わからない」とこぼしていた。要は、高額なコンサルタント料を要求してくるわけだ。小さな店に、そのようなゆとりはない。

こちらが何を考えたか、わかったのだろう。旧友は笑みを見せた。

「別に、外資系の大手に頼む必要はないよ。うちらみたいな、小さな事業者を相手にしてくれる、個人経営の事務所があるんだ。そりゃあ無料ってわけじゃないけど、少なくとも俺はずいぶん助かった」

まずは相談だけでもしてみればという言葉を信じて、彼が世話になっているという事務所に連絡を取ってみた。そうしてやってきたのが、富澤さんだった。

一見して、平凡そうな人物という印象を受けた。身長は日本人男性の平均くらい。ジムにでも通っているのか、身体つきはしっかりしているようだけれど、別に筋骨隆々《きんこつりゅうりゅう》というわけではない。顔に至っては、一度会っただけでは憶《おぼ》えることが困難だろうというくらい、没個性だった。わかりやすくいえば、あまり優秀そうではない見た目。

失望しかけたが、受け取った名刺を見て、思い直した。

『富澤允経営研究所　代表　富澤允』

そう書かれた名刺には、持っている資格が記載されていた。

中小企業診断士。

行政書士。

社会保険労務士。

日本の大学から授与された、経営学修士号。

いずれも企業経営に役立つ資格ばかりだった。

あらためて目の前の男性を見た。自分よりは年上だろうけれど、せいぜい三十代半ばといったところだ。優秀かつ相当な努力家でないと、この若さでこれほどの資格は取れない。

実際にコンサルティングを受けてみると、富澤さんの有能さは、さらに強く印象づけられることになった。

「同じような無農薬有機野菜を販売する店舗は、市内に何軒ありますか？」

富澤さんはそう訊いてきた。僕は答えられなかった。商売に必要な、そんな基本的な情報すら持っていなかったのだ。それでも富澤さんは僕をバカにすることなく、事業環境を調べ、店の経営状況を把握し、次々と的確な手を打っていった。

ある日、経営者としてあるまじきことだと思って黙っていたことを、富澤さんに話してみた。年度末の決算が終わって、慰労会を兼ねて二人で飲みに行ったときのことだ。アルコールの勢いで、口が軽くなってしまったのだろう。

「無農薬有機野菜に、何の意味があるんでしょうね」

自分の事業を否定するような発言に、富澤さんは驚いた顔を見せなかった。

「本当に意味があるかどうかの問題ではないかもしれませんね」

富澤さんはそう答えた。「大切なのは、意味を見出す人たちが存在して、商売が成り立つほどのボリュームがあることです」

富澤さんはビールを飲んだ。

「普通の野菜――慣行農法で採れる野菜は、高級品もありますが、日常食べるものだとあまりお金をかけられません。それがわかっているから、売る方も価格勝負になります。そうなると、中小はどうしても不利になります。でも無農薬有機野菜は、そうではありません。毎日食べるものだからこそ、自分が安全だと信じるものを食べたい層は確実に存在します。小さくても、形がいびつでも、葉に虫食いの跡があっても、毎日高値で買ってくれます。むしろ、普通は欠点とされるそのような外見も、無農薬有機野菜であることの証明になって、かえってありがたがってくれます。欠点が逆に価値になるのです。お父様がどのようなきっかけでこの店を始められたのか存じませんが、いい着眼点だと思います。無農薬有機栽培をやっている農家は少ないですから、そこを直接取引できちんと押さえれば、競合の参入も防げますし」

目からうろこが落ちた気がした。扱うべきなのは、価値があるものではなく、価値があると思ってくれる人が存在するもの。そういう見方があるのか。なんだか、俄然《がぜん》興味が湧いてきた。

しかし富澤さんが、やや表情を厳しくした。

「でも、気をつけなければならないのは、顧客の信用を裏切ってはならないことです。特別の価値があると思っているから、高価でも買ってくれる。実は価値がないとわかったら、顧客は一気にいなくなります。そして二度と戻ってきません。無農薬有機野菜という価値を、決して傷つけないこと。顧客との間に設定したルールを、破らないこと。それが大切です」

経営の素人である僕にとって、富澤さんはアドバイザーというより先生だった。彼の助言を聞いているうちに、次第に経営の勘所《かんどころ》がわかってきた。父の店を何とか潰さないでいられるのは、富澤さんのおかげなのだ。

僕は父の遺影を見た。変な言い方だけれど、父の顔を正面から見られるのは、店がうまくいっているからだ。仮に短期間で潰していたら、写真であっても、こうやってまっすぐ見られなかっただろう。

写真の父はまだ若く、穏やかな表情をしていた。葬儀の準備をしているときに、アルバムを引っ張り出して、最もいい顔の写真を選んだのだ。確か、母と旅行に行ったときの写真ではなかったか。

遺影の写真は、業者がスキャンして、トリミングして印刷してくれた。だから元の写真はアルバムに戻したはずだ。立ち上がって、奥の部屋に向かう。戸棚からアルバムを取り出して戻ってきた。両親の写真は多くないから、アルバムは二冊だけだ。

一冊目を開く。父と母が並んで写った写真が何枚も貼られていた。母は僕が大学生のときに病死した。父は店をやっていたから長期の旅行はできない。その代わり、よく二人で日帰りできる行楽地に行っていたのだ。

ああ、これだ。

背景に海が写っている。建物にも見覚えがある。かつうら海中公園だ。いい天気だったらしく、屋外での撮影は十分光量が確保できて、よく撮れていた。写真の右下の日付を見ると、僕が高校生の頃だ。スマートフォンで写真を撮る若い世代は信じられないだろうけれど、コンパクトカメラで写真を撮って現像すると、右下に日付が入れられたのだ。

親と一緒に観光に行くのが嫌な年頃だ。部活のバスケットボールに打ち込んでもいた。だから僕は写っていない。両親としては一緒に来てほしかったのかもしれないけれど、夫婦水入らずというのも、それはそれで楽しかったのだと思う。二人の表情が、それを証明していた。

そのまま、ぱらぱらとアルバムをめくる。あちこちに行った行楽の写真。そして僕の高校卒業式の写真があり、そこからしばらくの間、写真は途絶えている。母が病気で亡くなったからだ。そこから数年して、また写真が復活している。まず、父が店の前で写った写真。なぜかタスキをかけている。タスキには『祝　開店十周年』と書かれてあった。父は、恥ずかしいような嬉しいような顔をしている。父が率先してそのようなことをするわけがないから、他の誰かが立てた企画だろう。その正体もすぐにわかった。次の写真に写っていたからだ。

父より少し若いくらいの男性。恰幅《かっぷく》のよい父の隣にいると、痩せすぎて見えるほど細い。色白で目の大きいその顔は、年齢にそぐわないほど、純粋そうに見えた。

「誰？」

パジャマ姿の妻が、後ろから話しかけてきた。風呂から出たばかりらしく、髪の毛はまだ濡れたままだ。隣の椅子に座る。

「ああ」僕は写真の人物を指さした。

「親父の会社を手伝ってくれてた人だよ。高森《たかもり》さんっていう」

「へえ」妻がしげしげと写真を見る。「社員さんなんだ」

「そう。以前、帰省したときに紹介してくれた。店が軌道に乗ったから、買い物に来てくれる馴染みの客だけじゃなくて、もっと商売を大きくしたかったらしい。高森さんは前の会社で法人営業をやってたそうで、親父の店でも企業や団体を開拓してくれてたんだ。有能な人だったらしくて、すぐに大口の顧客を見つけてきた。親父が『あいつがでかいところに売り込んだおかげで、野菜の調達が大変だ』とぼやいてた。もっとも嬉しそうだったから、高森さんが来てくれて、感謝してたんだろうな」

「ふうん」僕の説明に、妻は素直に納得していないようだった。「この人、今は店にいないよね。っていうか、告別式とか法事に来てくれたっけ？」

さすがは我が妻。いいところを突いてくる。

「高森さんは、もう亡くなってる。親父が死ぬ、一年くらい前かな」

妻は少しの間、黙った。「そうなんだ」

「うん」高森さんの葬儀には、僕も駆けつけた。それでも、あのときは店を継ぐ話なんてなかったから、背景を妻に話してはいなかった。

「高森さんは、殺されたんだ。ある日、営業に出た高森さんが店に戻らないから、心配した親父が心当たりを探してたら、営業先の近くで騒ぎが起きていた。行ってみると、スーパーマーケットの駐車場で高森さんが倒れていた。そのときには、もう死亡していた。腹を刺されての失血死だったそうだ」

血腥《ちなまぐさ》い話を聞いて、妻が唇をへの字に曲げた。「犯人は、捕まったの？」

僕は首を振る。

「捕まってない。相当怪しい奴はいたんだけどね。いや、『奴』じゃなくて『奴ら』か。警察は、奴らを逮捕できるほどの証拠を集められなかった」

「奴らって」妻が訊いてきた。「団体なの？」

「そうだ」あのときの怒りを思い出した。気を落ち着けるためにビールを飲む。「高森さんは法人営業をやってたって言っただろう？　高森さんが見つけてきた大口顧客のひとつに、新興宗教団体があったんだ。人間は自然から生まれたんだから、自然のままに生きるというのが教義らしくて、医薬品を使わないというのが特徴だった。そんな連中だから、当然、農薬も化学肥料も目の敵《かたき》にしている。高森さんはその教義に目をつけて、うちの野菜を売り込んだらしい。奴らも信者に食べさせる無農薬有機野菜の調達に苦心していたらしくて、渡りに船だった。おかげで親父のところに、今までの数倍の注文が入ることになった」

「うーん」妻が眉間《みけん》にしわを寄せた。「胡散臭《うさんくさ》い連中でも、きちんと代金を払ってくれるのなら、取引してもいいと思うけど」

「そう。親父も同じように考えて、商売を続けていた。宗教活動によって、特に迷惑を被ることもなかったしね。寄進《きしん》っていう名目で、信者から相当な金額を巻き上げてたんだろうな。支払いが滞ることもなかった。でも、意外なところに悪影響が出た」

ビールを飲むと、缶が空いた。立ち上がってビールをもう一本と、妻のために缶チューハイを取って戻ってきた。缶チューハイを妻に渡す。妻が礼を言って受け取った。

二本目のビールを開栓して、僕は続けた。

「営業の極意は、相手の懐《ふところ》に飛び込むこと。よく言われることだけれど、高森さんは実践していたらしい。教団に対しても同様だった。親父の野菜を買っていたのは総本山じゃなくて、市内にある支部だ。今はないけど、その頃は駅前に立派なビルを持っていた。高森さんは営業のために出入りしているうちに、その宗教にはまっていった。教団の方が、うまく誘導したんだろう。新興宗教は、その辺がうまいからな」

写真の高森さんに視線を向ける。純粋そうな外見と同様、心も純粋だった。だから、宗教団体の甘言《かんげん》に騙されたのか。

「親父も高森さんの様子に不安を感じてたようだけど、信教は個人の自由だ。いくら従業員でも、反対してやめさせるわけにはいかない。高森さんは他の得意先にもちゃんと回っていたし、宗教のために仕事をおろそかにすることもなかったから、ただ見守るしかなかった」

妻は缶チューハイを飲み、まるで苦かったかのように顔をしかめた。

「なんだか、どんどん深みにはまっていくパターンだね」

しかし僕は首を振った。

「実は、そうはならなかった。高森さんは、自分で目を覚ましたんだ。ある日、親父に相談してきたんだそうだ。あの教団はまずい。信者の子供を学校に行かせずに、児童労働させてる。自分はそれを見てしまった。抜け出したい——高森さんは親父にそう言ったらしい。相当深刻な顔をしていた、と親父は言っていた。高森さんの奥さんも、その日は悩みを抱えているように見えたと証言している」

「それで、お義父《とう》さんは何て答えたの?」

答えの想像はついている、という口調で妻は尋ねた。僕は予想どおりだよというふうにうなずく。

「すぐに手を切れと答えた。向こうは『もう買わない』と脅してくるだろう。そうなったら、取引を打ち切っていい。売掛金を回収できなくても、かまわん。いくら大口顧客でも、そんなひどい連中との商売なんて、こちらから願い下げだ。なんなら、自分がついていってもいい――そんなふうに言ったそうだ」

妻がわずかに表情を緩めた。「いかにも、お義父さんが言いそうな科白《せりふ》だね」

「そう思う。でも、高森さんは一人で行った。さすがに、社長にそこまで迷惑をかけられないと思ったのか、保護者同伴みたいで恥ずかしいと思ったのかはわからないけど。それが最悪の結果をもたらすことになった。高森さんは、帰ってこなかった。さっきも言ったように、スーパーの駐車場で刺されて亡くなったんだ」

妻が瞬きした。「じゃあ、犯人は決まってるじゃないの」

僕はうなずく。

「そうなんだ。親父の証言を元に、警察は教団に対して事情聴取を行った。でも教団は『高森さんは敬虔《けいけん》な信者です。高森さんと教団との間には、何のトラブルも起きていません。それなのに、私どもが高森さんを殺すわけがないじゃないですか』の一点張り。警察もカチンときたのか、突っ込んだ捜査を行った。けれど警察は犯人を逮捕できなかった」

妻が眉間のしわを深くした。理解できないと。僕は曖昧《あいまい》にうなずいた。

「警察が詳しく説明してくれたわけじゃないけど、想像はつく。教団の幹部が誰かに指示したんだろうけど、警察は具体的に『誰が』殺したのかを突き止めないと、逮捕できない。警察は、いくら教団が怪しいと思っていても、実行犯を特定できなかった」

「それって、暴力団が鉄砲玉を使うみたいなものなのかな」

妻が物騒なたとえを出してきた。まあ、今話していることも物騒な殺人事件なのだから、当然なんだけど。

「鉄砲玉は死ぬか逮捕されるかが前提だから、微妙に違うと思うけど、考え方としては近いかもね。仮に実行犯が逮捕されても、教団幹部は個人のやったことだと尻尾《しっぽ》切りできる」

妻は渋面《じゅうめん》を作った。「ひどい話」

「そうだと思う。親父は教団に乗り込んだ。といっても、殴り込みにいったわけじゃない。取引の解消を申し入れに行ったんだ。疑いが濃いといっても、具体的な証拠があるわけじゃないから、犯人呼ばわりすることはできない。仮にも顧客だからね。猛暑の影響で野菜が不作になった。教団に供給できるほどの量が確保できない。そんな理由をつけたらしい。教団も、自分たちが疑われている事件とは関係を切りたいと思ってたんだろうな。ふたつ返事で了解した。店の売上げは激減したけど、親父はそれでいいと考えた。欲張って無理をしたから、こんなことになったんだと。減ったといっても、元に戻ったただけだ。高森さんを失った以上、適正規模になったと考えることもできる」

アルバムの同じページには、父と高森さんが一緒に写った写真があった。居酒屋の前で写しているから、宴会のときの写真だろうか。二人で肩を組んでいる。父は高森さんを、とても大切にしていたのだ。

「教団への憎しみはあっただろうけど、自分を責める気持ちの方が強かったんだと思う。どうして高森さんを、一人で行かせたのか。責任者である自分も行くべきだったのにと。そうしていれば、高森さんは死なずに済んだ。口には出さなかったけど、そう考えているのは明らかだった。酒の量が増えたのは、この事件以降のことだよ」

帰省したときに、思い詰めたような顔で酒を飲んでいる姿を思い出したのだろう。妻が納得したように首肯《しゅこう》した。

「それで、事件はどうなったの？」

僕は首を振った。

「さっきも言ったように、犯人はまだ逮捕されていない。迷宮入りという表現が正しいのかわからないけど、解決する望みは薄いんじゃないかな。でも、意外な展開を迎えた」

僕はまた高森さんの写真を見た。

「高森さんが殺されてから半年ほどして、教団が問題を起こしたんだ。高森さんは、教団が信者の子供を児童労働させてるって言っていた。それは事実だったらしい。子供を預けていた信者とトラブルになって、脱退しようとした信者を支部内に拉致《らち》して暴行を加えたんだそうだ。信者の一人が隙を見て逃げ出して、駅前の交番に助けを求めた。それで事件が発覚した」

妻が記憶を辿《たど》るように宙を睨《にら》んだ。「そういえば、そんな事件があったね。そっか。ここで起きてたんだ」

いくら夫の故郷といっても、自分たちとは無縁の事件だ。どこで発生したかなんて、気にもしないだろう。

「そうなんだ。警察が捜査に入ると、同じように暴行を受けた信者が何人もいたし、少年院みたいな宿舎に閉じこめられて、労働を強いられていた子供たちもいた。こちらは動かぬ証拠が山ほどある。支部長を始めとして幹部が一斉に逮捕された。総本山は、最初は支部が勝手にやったことで、自分たちは知らなかったって、しらを切った。子供たちの労働については『不毛な受験勉強を強いられている子供たちに、意味のある労働で身体を動かしてもらうことで、人間本来の尊厳を取り戻してもらうことが目的だ』って言い張った。だけど、実は全国各地の支部で同じことをやってきたことがわかって、どうしても繕《つくろ》えなくなった。支部長クラスがことごとく逮捕されて、以前のような活動ができなくなったんだ。まだ存続してると思うけど、規模は相当縮小した。駅前の支部も取り壊されて、今は焼き肉屋になってる」

「自業自得だね」妻が勧善懲悪《かんぜんちょうあく》の時代劇を見た後のような顔をした。「でも、高森さんの事件は解決してない」

「そうなんだ。がんばってくれた警察を悪くは言いたくないけど、ずさんな捜査をしたんじゃないかな。なんといっても、現場には凶器のナイフが残されてたんだ。決定的な証拠じゃないか。そんなものを持ち去れなかったんだから、犯人は相当慌ててたんだろう。素人臭い犯行だ。それなのに逮捕できないのは、警察の方に落ち度があったとしか思えない」

「うーん」妻が難しい顔で腕組みした。「でも信者への暴行で、関係者は逮捕されてるんでしょ？　余罪の追及で解決できなかったのかな」

「――ああ」そういえば、その発想はなかった。「考えてみると、確かにそうだ。でも結果的に逮捕してないんだから、できなかったんだろうな。暴行事件では、マスコミも相当騒いでた。高森さんの事件も蒸し返されてたから、警察はなんとしても吐かせたかっただろうけど、裁判で有罪に持ち込めるほどの証拠は得られなかったんだと思う。今は自白だけでは有罪にならないみたいだし」

妻がため息をついた。「お義父さんもそうだけど、高森さんのご家族も無念でしょうね。犯人が誰かわかってるのに、捕まらないなんて」

「そう思う。奥さんはいたけど、子供はいなかった。高森さんは一度は教団に入れ込んでたから、子供がいたら預けてたかもしれない。それはともかく、親父が教団との取引解消に行けと指示したわけだから、業務中に事件に遭ったことになる。つまりは労災だ」

妻が怪訝《けげん》な顔をした。

「高森さん自身が教団から抜ける話がメインじゃなかったの？　そこで教団から取引解消を持ち出されたら受けていいってだけで。だったら、労災とはいえない気もするけど」

鋭い指摘だ。

「厳密にいえば、そうかもしれない。普通は企業側が労災認定に難色を示して、裁判になったりするしね。でも親父は自分から労災の方向に持っていった。そうでもしないと、高森さんに申し訳が立たないと思ったんだな。保険会社と話をして、労災と認定されて奥さんに保険金が支払われた。奥さんが今どうしてるのかは、聞いてないけど」

「それはよかった」そう言って、妻は僕の目を覗《のぞ》きこんだ。

「あなたは大丈夫なの？　店を大きくしたいって言ってるけど」

「大丈夫だよ」僕は片手を振った。「富澤さんが付いている。最初は店を潰さないために雇ったんだけど、今は事業を拡大する手伝いをお願いしてる。あの人なら、無茶な拡大路線を提案したりしない。いきなり大きくしたって、こっちも対応できないしね。一歩ずつ、地道に進めていくよ。先は長いんだから」

妻は小さな笑みを浮かべた。「それを聞いて安心したよ。わたしだって、あなたが駐車場で冷たくなるのなんて、嫌だからね」

怖いことを言って立ち上がった。「髪を乾かしてくる。チューハイはまだ残ってるから、そのままにしておいて」

そう言って、洗面台に消えた。

僕は小さく息をついた。アルバムから、嫌なことを思い出してしまった。

父の拡大政策は、決して間違っていたわけではない。高森さんが獲得した新規顧客がたまたま宗教団体で、高森さんがはまってしまったことが問題だったのだ。仮に宗教団体でなく学校法人だったなら、あんなことにはならなかった。

それに、宗教団体と手を切ったとはいえ、高森さんの遺産は残っている。彼が開拓した自然食レストランとの取引は、まだ続いているのだ。もちろん宗教団体と比べると規模は劣るけれど、決して小さくない貢献をしてくれている。そう、まずはその程度の拡大で十分なのだ。妻にも話したように、急激な拡大は、こっちが対応できないのだから。

——と。

今、脳に何かが触れた気がした。

いったい何だ？　僕は別に変なことを考えたわけでも話したわけでもない。それなのに、僕は何に引っかかった？

自分の思考をトレースして、僕はその正体を捕まえた。

こっちが対応できないのだから。

これだ。そう考えたときに、違和感を覚えたのだ。別に変な考えではない。むしろあたりまえの話だ。富澤さんだって、同じことを言うだろう。では、なぜ僕は違和感を覚えた？

その正体に行き当たったとき、背筋に氷を当てられた気がした。

高森さんは、大口の取引先を見つけてきた。今までの数倍の注文が舞い込んできたと、父は嬉しい悲鳴を上げていた。でも。

父はどうやって供給元を見つけたのか。

無農薬有機栽培を行っている農家は、多くない。生産性も低いから、一軒の農家が供給できる野菜の量も限られている。実際、僕も父の代からつき合っている農家から、なんとか必要量を確保しているのだ。父は急激な需要の拡大に、どうやって対応したのか。

僕は立ち上がって書斎に移動した。ノートパソコンを起動して、帳簿を呼び出した。過去の履歴を辿る。

高森さんが入る前の記録を見る。今も取引のある農家への支払い記録が出てきた。ここまではいい。

次に、高森さんが入ってからの記録に移った。新興宗教団体が顧客になってからは、入金額が一気に増えている。拡大に成功した記録だ。では、仕入れの記録はどうか。出金はどうなっている。

見慣れない農家の名前が出てきた。新しい供給元がないと数量を確保できないのだから、当然だ。この年に増えた農家は、三軒だった。

三軒？　少なすぎる。数倍の発注があったのだ。無農薬有機栽培を行っている農家は、収穫量が多くない。これだけでは、足りないのは自明だ。

腹の底に、嫌な感覚が溜まっていく。新規の農家の名前をコピーして、インターネット検索エンジンで検索してみる。まず一軒目。そして二軒目、三軒目。

「ああ——」

僕は目を閉じた。新たに供給元になった農家は、いずれも無農薬有機栽培などやっていなかったのだ。

本当か？　今はもうやめてしまっただけで、当時はちゃんとやっていたのではないのか。手間がかかるわりに収穫量の少ない農法だから、やめてしまう例は少なくない。

一縷《いちる》の望みにかけて、帳簿に戻る。三軒からの仕入れ金額を確認した。

反射的にノートパソコンを閉じていた。おぼつかない足取りでダイニングルームに戻り、戸棚からウィスキーとショットグラスを取り出した。戸棚にはウィスキーが二本ある。一本は高価な国産クラフトウィスキー。もう一本は安価な輸入ものだ。取ったのは、安価な方だった。椅子に座り、ウィスキーをショットグラスに注ぐ。

帳簿が、すべてを語っていた。

新たな三軒の農家。彼らに支払う金額が少なすぎた。仮に馴染みの農家と同じ金額で買えたとしても、この金額では到底数量は賄《まかな》えない。

小さい。

形がいびつ。

虫食いの跡がある。

無農薬有機野菜の特徴だ。富澤さんは、それが価値の証明になると言っていた。だとしたら、農薬や化学肥料を使用した慣行農法で栽培された野菜のうち、出来が悪いものを無農薬有機野菜と偽って販売すれば、客は騙されるのではないか。

新しい三軒の農家。父は直接足を運んで、売り物にならず捨てられるそれらの野菜を、安値で買い取った。だから支払金額が少なくても、十分な量が供給できる。

教団は、問題のある組織だった。それは間違いない。けれど野菜の購入に限ってだけいえば、彼らは被害者だ。間違った考えかもしれないけれど、農薬や化学肥料を使わない野菜に価値を見出し、それを得て喜んでいた。父はそれを裏切ったことになる。頭の中で、教団のイメージが変わった。危険な団体から、狡猾《こうかつ》な商売人に騙される純朴な団体へと。

「気をつけなければならないのは、顧客の信用を裏切ってはならないことです」

富澤さんはそう言った。間違いのない真実だ。父はそれをやってしまった。

すると、どうなる。父は教団を騙していた。おそらくは第一回の納入から、ずっと。では、高森さんはどうなのか。父の偽装を知っていて、加担したのか。

おそらく、それはない。なぜなら、彼は教団に感化されたからだ。最終的には抜けようとしたとしても、一度は教団を信じた。信じた教団を騙し続けることなんて、できるわけがない。

父は真相を、はじめから高森さんに教えなかった。教えられなかったのだ。その理由もわかる。高森さんは純粋だった。相手が誰であれ、自分の営業努力を台無しにする欺《ぎ》瞞《まん》を許すはずがない。父は悪事に手を染めて、それを誰にも言えなかった。

僕はウィスキーを飲んだ。

いや待て。父は偽装していたのかもしれない。商売人として決してやってはならないことをやってしまったのかもしれない。けれどそれと事件は別ではないか。高森さんは教団を抜けようとして、教団に殺されてしまった。先ほど妻が指摘したように、高森さん個人の問題なのだ。偽装とは関係ない。

そう納得しようとしたのに、理性が思考を止めなかった。父には疾《やま》しいところがあった。だったら、父の言葉を百パーセント信じるわけにはいかない。息子である僕に対しても、自分の行為がばれないように気を遣いながら話した可能性がある。

幸い、ついさっき事件の顚末を妻に話して聞かせた。だから頭は整理されている。何か、見落としていることはないか。

そうか。

事件の構造は、父の発言が元になっている。すなわち、高森さんが教団と手を切りたがっていたというのが、すべての前提なのだ。もし、そうでないとしたら？

いや待て。父は高森さんが、教団で子供が労働させられているのを見て、抜けることを決心したと言っていた。教団の児童労働が表沙汰になったのは、それから半年後のことだ。父が知っていたわけがない。高森さんの口から聞かないと知り得ないことだ。高森さんが教団の実情を見て抜けたいと言ったのは、真実ではないのか。

信じかけた心に、また理性がストップをかけた。高森さんは確かに見たのだろう。子供たちが働かされている光景を。では、その事実に対して教団は何と説明したのか。

「不毛な受験勉強を強いられている子供たちに、意味のある労働で身体を動かしてもらうことで、人間本来の尊厳を取り戻してもらうことが目的だ」

支部長は高森さんに対して、同じ説明をするだろう。教団にはまっている高森さんは、それを信じなかっただろうか。いや、信じたはずだ。

高森さんが教団の言い分を信じたのなら、父に対しての発言は、まったく違ったものになる。支部長の説明をそのまま引用して、「あの教団は素晴らしいですよ。私も子供がいたのなら喜んで預けたのに、残念です」くらいのことは言わなかったか。父はその話を聞いて、児童労働の存在を見抜いた。だから、あのような証言ができたのだ。でも高森さん自身は、教団を抜ける気などなかった。

身体が熱くなる液体を飲んでいるはずなのに、寒気を感じた。

「高森さんと教団との間には、何のトラブルも起きていません。それなのに、私どもが高森さんを殺すわけがないじゃないですか」

ひどい教団だけれど、この言葉だけは真実なのかもしれない。教団から抜けようとしない高森さんを殺す理由など、何もない。

傍証もある。教団は、子供を取り戻そうとした信者を拉致して暴行を加えた。そう、暴行を加えただけだ。それなのに、仮に抜けようとしたところで、なぜ高森さんだけを殺害したのか。筋が通らない。

高森さんを殺害した犯人が逮捕されないのは、警察のずさんな捜査が原因だと考えていた。その想像は間違っていたのではないか。いくら証拠を探しても出てこなかったのだから、そもそも教団は高森さんを殺してなどいなかったのだ。妻が指摘した、余罪の追及でもそうだ。警察は威信をかけて吐かせようとしたはずだ。それでも証拠は出なかった。なぜなら、証拠などなかったから。

高森さんが教団を抜けたがっていたというのは、父が作り出した虚構だった。けれどそれではつじつまの合わないことがある。その日は、高森さんの奥さんも夫の変化に気づいていた。夫は悩みを抱えているように見えたと。教団に心酔したままの高森さんが悩むことは何もない。考えられることは、ひとつだけ。

高森さんは、父の偽装に気づいたのだ。

僕のように、父が簡単に供給量を上げられたことを疑問に思ったのかもしれない。同様に帳簿を確認したのかもしれない。とにかく高森さんは偽装に気づいた。しかも騙した相手は、自分が心酔している教団なのだ。

確かに、悩んだことだろう。父がなぜ偽装したかは理解できる。自分が無茶な発注を受けなければ、父は偽装に手を染める必要はなかったからだ。しかし一方で、教団を騙している。高森さんは父と教団の板挟みに遭った。

悩みを解決するには、どうすればいいのか。解決策はひとつしかない。

高森さんは、父に直談判したのではないか。偽装をすぐにやめてほしい。そうでなければ、すべてを教団に話すと。

今度は父が追い詰められた。高森さんの話から、児童労働を強いている、問題のある教団だとわかっている。今までずっと偽装していたことがわかると、どのような報復があるか、わからない。なんとしても、高森さんが教団に真実を話すのを防がなければならない。父にとって高森さんは、存在していると困る人間になってしまった。

「あら」突然の声に、心臓が止まりそうになった。髪を乾かした妻が戻ってきたのだ。

「ウィスキーを飲むときは、水も飲んでって言ってるでしょ」

そういってキッチンシンクに向かい、コップに水を注いで戻ってきた。「はい」

「サンキュ」水を受け取って、一気に半分飲む。

妻がまた僕の目を覗きこんだ。

「ずいぶんと、怖い顔をしてるね」

「そう?」僕は自分の顔を撫でた。「さっきの事件を思い出してたら、教団への怒りがまた湧いてきたからかな」

言い訳しながら、ごまかすようにアルバムをめくる。めくった先が最終ページだった。

見ると、写真一枚分の空白があった。空白の後にも写真が二枚貼られているから、一度貼られた写真を剝ぎ取ったのだとわかる。後に続く二枚を見た。どこで撮影された写真なのかは、すぐにわかった。市が開催している物産展の会場だ。父の店も出店している。僕が後を継いだ後にも出店要請があって実際に出店したから、間違いない。のぼりに開催年が書かれてある。事件が起きる、一、二カ月前だろう。一枚には、父がアップで写っている。もう一枚には、父と高森さんが並んで写っている。物産展の法《はっ》被《ぴ》がおそろいだ。

ということは、剝ぎ取られた一枚は、高森さんのアップが写っていたと考えられる。

どうして父は写真を剝ぎ取ったのか。他にも高森さんが写った写真は何枚もあるから、高森さんの顔を見たくないわけではないだろうに。

考えてもわからないし、考える意味もない。

たった今考えたことは、忘れよう。

父は道を踏み外してしまったのかもしれない。けれど、僕がそうならなければいいのだから。

僕はアルバムを静かに閉じた。

二人の標的

『みなさん、こんにちはーっ。やみしろたでーっす！』

明るい声がスピーカーから響いてきた。画面には、ショートボブの女性が映っている。年齢は、二十代半ばから後半といったところだろうか。髪の色は明るい茶色だ。色白で顎《あご》の線がスッキリしている。はっきりと美人といえる顔だちだった。

どこかの会社にいるような事務服を着ていた。一方背景は、自宅の私室のような印象を受ける。温かみを感じさせるクリーム色の壁紙に、マンガの入った戸棚。何よりも、女性はベッドの上に座っている。

『今日のチャレンジは』

女性がかがんで、画面の下から何かを拾い上げた。俗にプチプチと呼ばれる梱包材だ。

『これを前に置いて、プチプチを潰していったら、透けて見えるでしょーかっ！』

丸めてあった梱包材を広げた。前もってカットしてあったのか、幅十五センチメートル、長さは一メートルくらいのサイズだった。梱包材を横方向に広げて、ちょうど胸の辺りに持ってくる。

『では』

一瞬画面が暗くなり、再び明るくなったときには、上半身裸になっていた。乳房は梱包材で隠されているけれど、完全に隠しきれておらず、乳房の下端が見えていた。その形状と、梱包材を通して見えるシルエットからして、サイズはかなり大きいと推察される。

『さーて、これから潰していきますよーっ』

梱包材は何かで固定されているのか、両手を離しても落下しない。女性は両手を使って梱包材の空気の入った部分を潰していった。プチ、プチという音が響く。女性の他愛のない雑談が重なった。作業をしながら時々身じろぎするから、梱包材の上下から乳房のあちこちが見える。それでも肝心な部分は見えない。

ちょうど乳首を隠している部分を潰し終わって、女性が手を止めた。

『さー、どうでしょうね。ああ、ダメだ。やっぱり見えませんね。残念』

肩透かしもいいところだけれど、乳首は見えなくても、大きい胸のあちこちが見えて全体像が想像できるだけで、若い男の子には十分満足だろう。見えそうで見えないという美学もあることだし。

わたしは動画を止めて、次の動画を見た。

またしても、若い女性が現れた。やや細面《ほそおもて》で、大きな目に丸眼鏡をかけていた。黒髪を後ろでまとめている。スーツを着ていることもあり、女教師を思わせる外見だった。

スーツの女性は正面からこちらを見つめてくる。

『さあ、今日の個人授業を始めるわよ』

生徒に向かって話しかけている設定なのだろう。続いて軽く眉間《みけん》にしわを寄せた。

『えっ？　やる気が出ない？』

ため息をつく。『仕方ないわね。一問解けたら一枚脱いであげる』

先ほどの動画と比べると、笑顔がない。無表情にさえ見える。女教師という設定からの演出なのだろうか。どちらかといえばキツネ系の顔だちだから、無表情がその美しさを減じることはない。

よくわからないけれど、その後どうやら一問解けたという展開らしい。女性がスーツの上着を脱いだ。もう一問解けて、女性がスカートを脱ぐ。このまま脱いでいって、下着に手をかけたところで終わるのだろう。

今度はわたしがため息をついて、動画を止めた。

田代《たしろ》美弥《みや》と、矢田《やだ》ひかり。

さあ、どっちを殺そうか。

＊　＊　＊

「なんだか、難しい顔をしてますね」

コーヒーを出しながら、本多元が言った。

わたし――鴻池知栄は素直にうなずく。「へんてこな依頼が来ちゃってさ――ありがと」

礼を言ってカップを取る。立ち上る香りを楽しみながら、部屋の中を見回した。

本多の家は少し変わっていて、たくさんの正三角形を組み合わせて作ったお椀を、逆さに置いたような形をしている。いわゆるドームハウスだ。

一階は、キッチンやバストイレなどのインフラ設備が集まっている。それ以外は、広々とした一部屋があるだけだ。わたしが今いるのがその部屋で、本多の仕事場兼アトリエになっている。上がったことはないけれど、二階には寝室や物置があるそうだ。

「金持ちの知り合いが、面白がって建てたんですよ。でも想像してたよりも使いにくいってことで、僕が安く借りたんです」

以前、本多がそう説明してくれた。風変わりな人間には、風変わりな知り合いがいるものだ。ドームハウスは建築費が比較的安価だとはいえ、面白がって家を建てる感覚は理解できない。まあ、他人事《ひとごと》みたいに言っているけれど、殺し屋だって十分風変わりな職業であることは、認める。

風変わりな知り合いを持ってしまった本多には、殺し屋の手伝いのようなことをしてもらっている。今日も、新たに入った依頼について話し合うために、やって来たのだ。

「依頼が、これ」

依頼には添付ファイルが付いてきて、そこに殺してほしい人間の情報が書かれてある。わたしはバッグから依頼内容を印刷したコピー用紙を取り出した。本多の前に置く。

「どれどれ」

言いながら本多がコピー用紙を一瞥《いちべつ》して、すぐにこちらを見た。それはそうだろう。わたしは依頼内容を読み上げた。

「田代美弥　二十六歳　東京都八王子市《はちおうじ》――」

住所が続いて、さらに写真が付いている。栗色をしたショートボブの女性が写っていた。

しかし、依頼はそれで終わらなかった。わたしは続きを読む。

「矢田ひかり　二十六歳　東京都日野市《ひの》――」

写真の女性は、肩までの黒髪だった。二人とも、かなり整った顔だちをしている。隠し撮りでこれだから、きちんとメイクしてそれなりのポーズを取れば、芸能人といわれても納得するだろう。

本多が唇をへの字に曲げた。「二人殺してくれって依頼ですか」

わたしは首を振る。「最後まで読んで」

本多がコピー用紙の下の方に視線を向ける。矢田ひかりの住所と顔写真の下に、一文が添えられていた。本多がそれを読む。

「この二人のうち、どちらかを殺してください」

またこちらを見た。「どういうことですか？」

わたしはまた首を振る。「わからない。依頼は、それだけ」

「うーん」本多が腕組みして唸《うな》った。「『どちらかを』ということは、どちらか一人だけでいいってことですよね。逆にいえば、両方とも殺しちゃいけないってことなんでしょうか」

「そう思う。こっちだって、一人分の料金で二人殺したくないし」

わたしはコーヒーをひと口飲んだ。「妙だけど、そんな依頼なんだから、依頼どおりにやるよ」

本多が瞬きした。「引き受けるんですか？」

こんな怪しい依頼なのに——本多はそう続けた。わたしはうなずく。

「依頼内容を確認した。八王子の住所に田代美弥って人が住んでて、写真の人物だった。日野の方も同じ。依頼内容に間違いはないから、受けない理由はない。しばらく二人とも監視して、殺しやすい方を殺すよ。いつもより手間はかかるけど、仕方がない。時間はあるから」

依頼を受けてから、原則一カ月以内に実行することにしている。一カ月あれば、二人を監視して行動パターンを把握することは、難しくない。

「それで、今日来たのは、意見を聞きたいからなんだ」

本多が両肘をテーブルについて、両手を組んだ。まっすぐにこちらを見つめる。「なんですか?」

「本多くんは、エッチな動画とか、見る?」

唐突な質問に、目をぱちくりさせた。

「そりゃあ、見ますよ。僕だって、男ですから」

「正直でよろしい。依頼のあったこの二人、動画配信をやってるんだ」

バッグからタブレット端末を取り出す。「Ｗｉ-Ｆｉの電波、借りていい?」と確認してから、接続する。インターネットブラウザを起動し、動画配信サイトにアクセスした。タブレットの画面を、本多にも見えるように置く。

外付けキーボードで検索すると、すぐに出てきた。

「これが、田代美弥」

動画のサムネイル画像には、依頼の写真と同じ顔が表示されている。本多が画面を覗《のぞ》きこんだ。

「えっと、『やみしろたのチャレンジングな毎日』ですか」

宙を睨《にら》んで、少し考える。「ああ、『田代美弥』の漢字をひっくり返したんですね」

「たぶん、そうだろうね。それで、矢田ひかりの方がこっち」

また該当する動画を検索した。こちらは『光速拒否の妄想日記』とある。

「なるほど。『ひかり』で光速。『矢田』を拒否を示す『やだ』に読み替えですか」

さすが、この手の言葉遊びは得意だ。瞬時に理解してもらって、本人たちも満足だろう。両方の最新動画を、連続して流した。

「こんな感じ」

「なるほど」本多はまた言ったけれど、先ほどよりも熱がない。「田代美弥は視聴者を視聴者として扱って、話しかけながら進めています。一方の矢田ひかりは、視聴者を登場人物に設定したストーリーを展開しているんですね。田代美弥は基本的に笑顔で、矢田ひかりはどちらかというと無表情キャラで通しているようです。それぞれ番組の造り方が違うわけだ。棲《す》み分けにはいいですね」

人差し指を伸ばして液晶画面をタッチした。動画の内容と、配信チャンネルの紹介をしている概要欄を開く。

「こういった内容ですから、チャンネル登録者数もかなりのものです。閲覧回数も、ちょっとびっくりですね。冒頭に広告が流れてましたから、けっこうな収入になってるんでしょう」

芸術家の視点からは、それほど琴線《きんせん》に触れる内容ではなかったようだ。分析の仕方が実務的だった。

「標的二人が、それぞれ違った路線で動画配信している。二人に接点はあるんでしょうか」

いい質問だ。

「あるみたいだね。過去の動画を追ってたら、お互いが相手の動画にゲスト出演してた」

タブレット端末を操作して、田代美弥の動画を時系列順に並べた。スクロールすると、時間を遡《さかのぼ》るようにする。

「えっと、どこだっけな——ああ、ここだ」

スクロールを止めた。『温泉回！』と題された動画だ。サムネイル画像の下には「一年前」とある。

再生する。和室に浴衣姿の田代美弥が『温泉旅館にやってきましたーっ』とはしゃいでいる。同じ部屋に、矢田ひかりもいるのが見えた。その後、露天風呂での入浴シーンや、布団の中で浴衣を脱ぐシーンなどが繰り広げられていた。いずれも、見えそうで見えないよう工夫してある。田代美弥がメインだけれど、ときどき矢田ひかりも登場している。

矢田ひかりの動画も同様だった。同じ旅館で撮影しているのはすぐにわかった。こちらは矢田ひかりがメインで、ときどき田代美弥が登場していた。彼氏と温泉旅館に来ている設定のようだけれど、田代美弥も登場しているから、いわば番外編といった位置づけなのだろう。

「これが最新で、この前にも何本かある。仕事仲間なのか友だちなのかはわからないけど、仲が悪いわけじゃなさそうだね。こうやって一緒にロケに行くくらいだから」

「——そうですね」

本多が返事をしたけれど、視線は画面に固定されたままだった。「鴻池さん。ちょっとこの動画を見てもいいですか？」

「えっ？　――ああ、いいよ」

わたしのいるところでエッチな動画を堪能しようというわけではないだろう。彼は何かに気づいたのだ。

本多が真剣な顔で動画を見ている間、わたしはパソコンを開いて出納帳の管理や読んでおきたかったビジネス書を読んだりしていた。

一時間ほど経ったところで、本多が再生を止めた。ずっと画面を見ていて目が疲れたのか、両手で瞼《まぶた》を揉《も》む。

「温泉旅館の動画ですが、一年前ってありますよね」

件《くだん》のサムネイル画像を指さす。確かにそこには、一年前と書かれている。

「そうだね」

「このひとつ上、つまり次の回を見てください。十カ月前になっています。つまり、一カ月間空いています。他の動画の間隔も見ましたけど、どれも週に一回以上配信していました。ここだけ、一カ月間空いているんです」

本多が画面をスクロールしていく。確かに彼の指摘したとおりだった。

「もちろん、個人的な事情があって配信できなかったということもあるでしょう。ただ、それだけだと説明しにくいことがあるんです」

本多は、今度は矢田ひかりのチャンネルを呼び出した。同じようにスクロールしていく。温泉回のところで止めた。

「こちらも、一カ月間空いています。二人同時に、同期間配信を止めている。もちろん、二人が友人同士で、一緒に旅行に行ったとかの可能性は捨てきれないんですが、個人的な事情以上の何かがあったのかもしれない。気になったんで、空白期間前後の動画を見比べてみたんです」

本多が田代美弥の動画を再生した。まずは最近の方。じっくり見ることはせずに、早送りにしたから、あっという間に終わった。同じく、最近の動画を再生する。それを三本続けた。

「これが、空白期間後の動画です。田代美弥の作風は、視聴者に話しかけながら進めていくというものです。ですから、目線はずっとカメラを向いています。何か物を取ったり、服のボタンを外したりしているときはそちらを見ますけど、基本的にはカメラ目線で進行します。では、今度は空白期間前の動画を見てみましょう」

画面を過去に向かってスクロールする。適当なところで止めて、再生した。

「――ああ」ヒントをもらっていたから、わりとすぐに気づくことができた。

「目線が動いてる……」

「そうなんですよ」本多が通常の速度で再生して、止めた。

「ここですね。カメラでなく、カメラの奥を見ているような目線の動きです。つまり、撮影者を見ていると思われます」

さらに過去を遡って再生する。ごく初期の動画だ。画面の中で田代美弥がカメラ目線を外して発言した。

『これでいいかな』

視聴者以外の人間に対する発言だと、はっきりわかる。

「矢田ひかりの方も同じです」

矢田ひかりの動画を再生する。こちらは視聴者を登場人物に見立てた演出だから、視聴者以外に話しかけたりしない。それでも視線がときどきカメラを外れて、奥を見ている。うまくいっているか、確認するように。

「同じことを、温泉回でもやっています。こっちは、もっとはっきりしてますね」

温泉回の動画をあらためて再生する。布団の中から、田代美弥がカメラの奥を見ながら言った。

『入ってきちゃ、ダメだよーっ』

そう言って、矢田ひかりと笑う。矢田ひかりが『そーだ、そーだ。ここからは、やみしろたちゃんと二人きりの時間なんだから、一人寂しく部屋に戻ってね』

『襲ってこないように、閉じこめちゃおうか』

『そうしよ、そうしよ』

二人ではしゃいでいる。動画に酒を飲むシーンがあったけれど、演出でなく本当に飲んだようだ。ノリが酔っ払いだった。それも、記憶をなくすような酔い方だ。旅先で気が緩んでいるのが、画面からもよくわかる。

動画を止める。

「これを見ると、以前は撮影していた人間がいたことがわかります。制作スタッフでしょうか。温泉回の様子を見ても、田代美弥と矢田ひかりの二人きりでなく、スタッフを合わせて三人以上で来ているようです。話している内容からすると、スタッフは男性。しかも一人だと想像できます。男性スタッフは撮影に参加しているけれど、宿泊そのものは別の部屋を取っている。そういうことなんでしょう」

本多は画面から視線を外して、こちらを見た。

「でも、一カ月間空いてからは、スタッフの気配が消えました。二人とも、カメラの向こうを見ません。上達したから見る必要がなくなったのかもしれませんけど、一カ月間の空白の前後で変わったというのが気になります。加えて、空白期間以降は、二人の共演はありません」

「…………」

わたしは内心、本多の観察力に舌を巻いていた。男性視聴者に劣情《れつじょう》を抱かせる動画でも、鋭い観察眼でわたしが気づかなかった特徴を拾ってくれた。さすがは芸術家だ。

「――わかった。二人のことをもう少し調べてみる。わかったら、連絡するね」

矢田ひかりが自宅から出てきた。スポーツバッグの持ち手を肩にかけている。

彼女が住んでいるのは、JR日野駅から徒歩五分ほどのところにある賃貸マンションだ。不動産紹介サイトで調べてみると、1DKの部屋が多い。単身者向けのマンションなのだろう。単身者は、平日の昼間は会社や学校に行っているから、家にいない。動画を撮る際に、近くの部屋の雑音が入らなくて、好都合なのかもしれない。

平日の午後二時。矢田ひかりは駅前のスポーツジムに入っていった。動画では肝心なところは見せていないけれど、逆にいえば肝心なところ以外はすべて見せているわけだ。運動不足で緩んだ身体を晒《さら》すわけにはいかない。そんなつもりでジムに通っているのかもしれない。

運動の後は食事ということなのか、リーズナブルなイタリアンレストランに入った。遅めの昼食だ。チキンのグリルとグリーンサラダを注文したようだ。主食となるパスタやドリアは頼んでいない。これもまた、体形維持のためだろうか。

レストランにも長居しなかった。ドラッグストアに入り、洗顔フォームと化粧品を何品か買い物カゴに入れていた。いつも使っている銘柄の買い足しのようで、迷いがない。スポーツバッグからエコバッグを取りだし、買った物を入れる。そのまま、まっすぐ帰宅した。

一週間ほど監視したけれど、大体こんな行動パターンだった。外出といえば、昼間に、自宅と駅前との往復だけ。

矢田ひかりの帰宅を見届けて、日野駅からJR中央線に乗って、八王子駅に移動する。

ここから歩いて七分ほどのマンションが、田代美弥の住居だ。こちらもまた、単身者向けの物件のようだ。

彼女も矢田ひかりと同様、通勤していない。今まで監視したところでは、午後三時頃に自転車で出掛ける。これまた駅前だ。駅前のスーパーマーケットに自転車を停めて、買い物をする。夕方の混み合う時間帯を避けているのだろうか。見るかぎり、野菜が中心のようだ。この辺りは、やはり体形を気にしていることを想像させる。田代美弥も、寄り道せずに帰宅する。昼間は、大体このようなパターンだ。

次に外出するのは、午後五時を過ぎてからだ。

マンションから出てきた田代美弥は、上半身はパーカー、下半身はレギンスとショートパンツを身につけていた。足元にはランニングシューズ。アームバンドで、二の腕にスマートフォンを取り付けてある。耳にはワイヤレスイヤホン。今からジョギングに行きますよとアピールしているような、わかりやすい恰好だ。

八王子駅の近くには、浅川《あさかわ》という川がある。川に沿って、ジョギングしやすい道が通っていた。走り慣れているようで、田代美弥は迷いなく浅川に向かった。川に沿って走っていく。

ランニングコースは、人や自動車がまったく通らないわけではないけれど、どちらかというと寂しい道だ。街灯も十分とはいえないから、女性が夜間に走るのは、防犯上よろしくない。田代美弥がまだ明るい夕刻にジョギングに出るのは、正しい判断だといえる。田代美弥は、完全に暗くなる前にジョギングを終えて帰宅した。

セクシー系の動画配信者は、室内で仕事をしているから、あまり外出しない。

なかなか、厄介な相手だ。


「やっぱり、以前からの知り合いだったよ」

依頼を受けてから十日ほどしてから、わたしは本多の家を訪ねた。

いつものようにコーヒーを淹《い》れてくれる。夏場になると麦茶を出してくれるけれど、今はまだ時期尚早だ。酸味を含んだ香りが心地よい。

本多がテーブルの向かいに座る。「どんな関係だったんですか？」

「大学の同期生だね。中央線沿いの大学に通ってたみたい。調べてみたら、ゼミのホームページに行き当たった」

中央線沿いには、いくつもの大学がある。わたしは田代美弥と矢田ひかりが通った大学名を口にした。知名度の高い大学だから、本多も知っていたようだ。納得顔をする。

「中央線沿いは、都心に近いと家賃がバカ高くなりますからね。都心から離れた日野とか八王子あたりにアパートを借りて通学するというのは、よく聞く話です」

わたしはタブレット端末で、インターネットブラウザを起動した。目当てのページを検索して、出てきた画面を本多に見せる。

「これが、ゼミのホームページ」

画面には、集合写真が映し出されていた。教授を中心に、ゼミの学生が集まっている写真だ。背景の景色がいいから、ゼミのメンバーで旅行にでも行ったのだろう。四年前の日付が出ている。ということは、二人が大学四年生のときということになる。

本多が画面を覗きこむ。「ああ、確かにいますね。このときは田代美弥もまだ髪が長いですね」

女子が多いゼミのようだ。男子学生と女子学生の比率は、三対七といったところか。

「この後、大学を卒業してどこかに就職したのかは、わからない。ただ、今現在は勤め人じゃないみたいだね。朝晩通勤してるわけじゃないから」

「在宅勤務とかじゃないんでしょうか」

「ないと思う。二人とも、午後二時とか三時とかに外出しているんだ。在宅勤務は、勤務管理をよりきちんとしなくちゃいけないから、ふらりと出るってことはできないと思う。その時間帯を勤務時間としてカウントしないやり方もあるのかもしれないけど、わざわざその時間帯に外出しなくちゃいけない理由もない。ジムとか、買い物なんだし」

「それもそうですね」

「まあ、そこは本質じゃない。通勤してないから、通勤時に襲うことができないってだけのこと。問題は、本多くんが指摘してくれた、一カ月の空白期間のこと」

本多の目が大きくなった。「わかったんですか？」

「うん」わたしはタブレットのブラウザを、ゼミのホームページからニュースサイトに移動させた。「たぶん、これ」

　表示させたのは、一年前の記事だった。

『老舗の温泉旅館　火災で全焼　四人が死亡』

　本多が記事に目を通す。

「そういえば、こんな事故がありましたね。一年も前なんで、すっかり忘れてました。ここが、二人が動画を撮った旅館ですか」

　わたしは曖昧《あいまい》に首を振った。

「確証はないんだ。この旅館が燃える前の写真は探せたけど、温泉旅館の部屋って、どこも似たり寄ったりでしょ。検証しきれなかった。でも、気になるところは部屋じゃない」

　ニュース画面を下にスクロールしていく。犠牲者の名前が出てきた。一人は厨房にいた料理人。それから八十代夫婦の泊まり客。最後の一人が――。

「村林駿貴《むらばやししゅんき》さん（24）」

　本多が名前を口にした。わたしを見る。「二人と、年齢が近いですね。ひとつ下かな」

「年齢だけじゃない」わたしはブラウザの画面をゼミのホームページに戻した。「この人が、村林駿貴ってひと」

　集合写真を指さす。最後列に映っている、眼鏡をかけた男性。大学生らしく、髪は少し長めだ。田代美弥と矢田ひかりが美女なのに対して、村林駿貴は、お世辞にも美男子とはいえない顔だちだった。

　本多が自らの顎をつまんだ。

「温泉旅館で動画を撮影していた人たちがいて、その人たちと同じゼミにいた人が、温泉旅館で犠牲になった。関連があると思うのは、自然ですね」

「たぶん、間違いない」

　ブラウザの画面を動画配信サイトに移す。問題となった動画の概要欄を出す。本多が唾《つば》を飲み込んだ。

「火事があったのは、配信した日の翌日」自ら画面を操作して、ニュースサイトに戻す。

「いや、火事が起きたのが未明ってことだから、ほぼ配信した日の夜ってことか」

　息をついて、椅子の背もたれに身体を預ける。

「村林駿貴が撮影スタッフだった。撮影した動画を編集して、その夜のうちにアップロードした。その後、火事に遭ったのか」

「そうだと思う。若干弱いけど、傍証もある」

　今度はわたしがタブレットを操作する。先ほどとは別のニュースサイトを呼び出した。ゴシップ色の強い、かなり胡散臭《うさんくさ》いサイトだ。目当ての記事を表示させる。「これ」

『AV監督　撮影中に焼死？』

『女優と三人プレイの最中？』

　そんなタイトルが付いている。広告だらけで読みづらい画面を、本多が読んでいく。

眉間にしわを寄せた。

「タイトルと記事の内容が、全然違いますね」不快そうな声だ。「動画を撮影しに投宿していて、火事で逃げ遅れたって書いてあるだけじゃないですか」

「閲覧数を稼ぐためにタイトルを大げさにするのは、よくあることでしょ。若い男性が逃げ遅れて犠牲になったというのは、珍しい。殺し屋と違って、記者はおおっぴらに取材できるからね。村林駿貴を取材していたら、田代美弥と矢田ひかりの動画に行き着いた。読者はセクシー系の動画とアダルトビデオの違いなんて気にしない。単なる制作の手伝いと監督の違いもね」

「ひどい話だ」

珍しく、本多が怒っている。殺し屋の手伝いをしているのに、死者を冒瀆《ぼうとく》するような記事のタイトルに腹を立てているのだろうか。いや、事実でないタイトルで読者を引き寄せる、汚いやり口が気に食わないのかもしれない。言葉を丁寧に拾って正しい意味を読者に届けるという、翻訳家としての矜持《きょうじ》が許さないのだ。

画面を元のニュースサイトに戻した。

「火事の原因は厨房の失火だから、事件性はない。田代美弥も矢田ひかりも無事に逃げられたんでしょう。でも、制作を手伝ってくれていた村林駿貴が死んでしまった。村林駿貴がいなくても動画を撮って配信できるようになるまで、一カ月かかった。そういうことなんじゃないかと思う。技術的なところもそうでしょうし、精神的に立ち直るにも、そのくらいかかってもおかしくない」

本多が腕組みして宙を睨んだ。今まで得た情報を、頭の中でまとめているようだ。すぐに視線を戻した。

「田代美弥と矢田ひかりは、動画を撮ってサイトにアップすることを考えた。それで稼いでいる人はいますからね。最も見てもらいやすい動画にするために、自分たちの身体を武器にすることを思いついた。二人とも自分の顔だちとスタイルの良さに対する自負があるから、同じようなチャンネルが沢山あっても勝てると判断した」

タブレットの画面を見る。火災の犠牲者の名前が表示されていた。

「でも撮影のノウハウがない。そこで、ノウハウを持つ知り合いに頼ることにした。それが村林駿貴だった。大学の、ゼミの後輩。村林駿貴は卒業して仕事を持っていたかもしれないけど、先輩である美女の依頼を断れなかった」

「きちんと報酬を支払ってもらったのかもしれないし、ボランティアだったのかもしれない」わたしが後を引き取った。「美人の先輩の、服を脱いだ姿を間近で見られるんだから、それ自体が報酬だったのかもしれない。もちろん、もっと具体的に仲良くなったのかもしれないけど」

「どっちもあり得ますね。温泉旅館では『入ってきちゃダメ』とか『部屋に戻って』と言ってますから、一線は越えていない可能性の方が高そうです。まあ、実際はともかく、配信する動画ではそう言うしかないでしょうけど。とはいえ、酔っ払った状態でありもしないことは言わない気もしますから、やっぱり言葉どおりなのかもしれません」

本多は少し冷めたコーヒーを飲んだ。

「動画は狙いどおりに当たって、二人はさらに登録者数を稼ぐために、温泉旅館での動画撮影を思いついた。もちろん、村林駿貴も同行した。撮影中から酒を飲んで酔っ払った先輩たちは役に立たないから、村林駿貴が編集してアップロードした。疲れて寝てしまったら、火災が起きた。そんなところでしょうか」

「だいたい、合ってると思う」

本多の目が光った。

「とすると、依頼人は村林駿貴の関係者でしょうか。田代美弥と矢田ひかりが村林駿貴を温泉旅館になんか連れて行ったから、村林駿貴は死んでしまった。でも法律では罰せられない。だから殺し屋に頼んだ――」

「違う、違う」話を終える前から、わたしは手を振っていた。「それなら、二人とも殺す依頼が来るはずだよ。どちらかってことはない」

本多が瞬きした。「あっ、そうか」

「今回の調査で、動画配信に一ヵ月間の空白がある理由と、その前後で作品に変化があった理由はわかった。でも、依頼人の正体や、動機についてはわからなかった。それはいいよ。今までだってわからないことの方が多かったわけだし。必要なのは、確実な実行だけ。それでなんだけど――」

わたしもコーヒーを飲み干した。

「本多くん、面倒なことを頼んでいいかな」


木曜日の午後三時。

わたしはマンションの裏手に身を潜めていた。青い作業服を着て、書類を挟んだバインダーを手にしている。これならば、ガスの検針か何かに来た作業員にしか見えないだろう。検針をわたしのような中年女性が行うことは、珍しくない。

このマンションには駐車場がないけれど、駐輪場はある。駐輪場はマンションと隣の建物の間にあって、かなり奥まで自転車が駐められるようになっている。道に近い方が出し入れしやすいけれど、奥の方が防犯上は有利だから、気にする人は奥に駐めるだろう。

その駐輪場の、さらに奥まで行くと、マンションからも近隣の建物からも見えない場所がある。身を潜めるには最適だ。

駐輪場に人影が現れた。逆光になるから顔がよく見えないけれど、ショートボブの髪型は田代美弥だとはっきりわかる。彼女は駐輪場を奥まで進んでいき、最奥の自転車の前で立ち止まった。いつものように、これから自転車で買い物に出掛けるのだ。

ポシェットから鍵を取り出し、自転車にかがみ込んだ。田代美弥の自転車は、後輪に鍵がかかるようになっている。いわゆる馬蹄錠《ばていじょう》だ。隣の自転車を避けながら、鍵穴に鍵を差し込んだ。

その瞬間。

「っ！」

田代美弥が声なき声を上げた。釣り上げられた魚のように、上体を反らす。

今だ。わたしはダッシュして田代美弥に近づいた。背後からナイフで首筋を薙《な》ぐ。太い血管を切り裂いた感触があった。

太い血流が、田代美弥の首から噴き出した。田代美弥はそのまま自転車の脇に倒れ込んだ。致命傷だ。これで確実に、田代美弥は死ぬ。

ナイフをその場に捨てて、噴き出した血液を踏まないように気をつけながら、自転車のサドルに手を伸ばした。サドルの裏から、仕掛けた物を取り出す。

本多に細工してもらった装置だ。田代美弥が鍵を差すと、感電するようにしておいたのだ。人間は、感電すると動きが止まる。それ自体では死ななくても、動きと思考が一瞬でも止まれば、それでいいのだ。監視していて、自転車の鍵にプラスチックの持ち手が付いていないことに気づいたから、この方法を思いついた。

感電装置を作業鞄《かばん》に入れ、バインダーを手にする。地面の状態が足跡を気にしなくていいことも確認してある。あらかじめ決めておいたルートを辿《たど》って、マンションを離れた。

今回も、成功した。

のだ。

「結局、何だったんでしょうね」

缶ビールを開栓しながら、本多が言った。

田代美弥を殺害した翌日。わたしは本多の家に来ていた。仕事を無事に終えたら、ビールとスーパーマーケットのオードブルで、ささやかな打ち上げをすることにしているのだ。

本多は朝刊を取り上げた。社会面では、八王子市の殺人事件を大きく取り上げていた。住宅街で若い女性が殺害されたということで、話題性は高い。

「新聞もそうですけど」本多はビールを飲んだ。「ネットでも大騒ぎになってますね。被害者の田代美弥が、セクシー系配信者の『やみしろた』だっていうことは、もう広まってます」

「そうみたいだね」

わたしもビールを飲む。一仕事終えた後のビールはおいしい。殺し屋は、殺人を殺人として捉えてはいけない。あくまで作業と考える。作業が終わったのだから、ビールがおいしいのも当然だ。

こうしてみると、殺し屋に最も必要なのは体力でも技術でもなく、殺人を犯罪と思わずにいられる気の持ちようではないかと思えてくる。わたしはそんな精神構造を持っていたということだ。

本多がフライドポテトを口の中に放り込む。

「ネットでは、暴行目的の犯行って意見が多いみたいですね。見えそうで見えない動画ばかり配信してましたから、痺《しび》れを切らした奴が襲ったんだって。最近では、あらゆる手段を駆使して動画の撮影場所を特定しようとする輩《やから》がいますから、そういった奴なんじゃないかと」

鴻池さんからは百万光年離れた犯人像ですけど——本多はそう続けた。わたしを見る。

「今回の依頼は、田代美弥と矢田ひかりのどちらかを殺してほしいというものでした。やっぱり、田代美弥の方が殺しやすかったから、そうしたんですか？」

「そうだよ」わたしは答える。「まあ、それだけでもないけど」

本多が眉間にしわを寄せた。「といいますと？」

「うーん」わたしはホタテ風かまぼこのフライを飲み込んでから、続けた。「この前、本多くんは言ったよね。温泉旅館の火事で村林駿貴が死んだのは、誘ったあの二人のせいだって。だから村林駿貴の関係者が依頼したんじゃないかと」

「言いましたね」

口に残ったフライの油を、ビールで洗い流す。

「それに近いかな。でもわたしは否定した。それなら、二人とも殺す依頼のはずだと。そうでなければ、二人のうちどちらかを指定するでしょう。どちらでもいいけど、片方だけ死んでくれればそれでいいとは、絶対にならない。何、その宙ぶらりんはって感じだよね」

「そのとおりです」

「わからなくても、実行はできる。だったら、考えない方がいい。それが、いつものやり方。でも今回は、もう少し考えた方がいいと思った。田代美弥を殺すことも、矢田ひかりを殺すこともできる。できるけど、どちらを殺したかによって、その後の展開が変わってくるかもしれないって思ったんだ。ほら、テレビドラマとかで、あるでしょ？　時限爆弾の爆発時刻が迫っている。時限装置からは、青いコードと赤いコードが伸びている。正しいコードを切れば爆発を止められるけど、間違った方を切れば爆発する――そんな展開」

「ありますね。ありふれてますけど、嫌いじゃありません」

本多のコメントに、少し笑った。

「今回もそれじゃないかと思った。爆発はしないまでも、どちらを殺すことが、わたし自身にとってより有利なんだろう。依頼人からはどちらでもいいと言われたけど、本当にそうなのか、とね」

本多が唇を富士山の形にした。

「難しい問題ですね。そもそも、考えるための材料がありません」

「そう思う」わたしは素直にうなずいた。「だから、手持ちの疑問を考えることから始めた。ゴシップサイトが記事にするきっかけになったと思われる事実。どうして若い男性である村林駿貴が逃げ遅れて、酔っ払っていた田代美弥と矢田ひかりは無事に逃げられたのか」

本多が目を見開いた。「――ああ、確かに、そんな疑問がありました。胡散臭いサイトがネタにしたおかげで、かえって無視してました」

「だよね。実際のところは、煙に巻かれてしまえば、男も女も関係ないと思う。建物の構造から、村林駿貴が泊まった部屋が、いち早く炎に包まれたのかもしれない。あるいは村林駿貴は一人で動画を二本編集して、それぞれのチャンネルからアップロードした。疲労困憊《こんぱい》で深く眠っていたから、火事に気づかなかったって可能性もある」

「じゃあ――」

「でも、かなり酔っ払っていた二人は避難できている。そこでわたしは思ったんだ。ひょっとしたら、村林駿貴は、逃げたくても逃げられなかったんじゃないか」

わたしは箸を置いて、タブレット端末を取り出した。動画配信サイトを表示させる。問題の温泉回を再生した。途中早送りして、目当てのところで通常再生に戻した。

『入ってきちゃ、ダメだよーっ』

『そーだ、そーだ。ここからは、やみしろたちゃんと二人きりの時間なんだから、一人寂しく部屋に戻ってね』

『襲ってこないように、閉じこめちゃおうか』

『そうしよ、そうしよ』

再生を止める。

「これって、撮影していた村林駿貴に対して言ってるよね」

本多が口を半開きにした。「……閉じこめちゃおうか？」

目を大きく見開く。「ひょっとして、本当に閉じこめたっていうんですか？」

「それはどうだか、わからない」わたしはそう答えた。「閉じこめるっていえば、わかりやすいのはバリケードだよね。日本の旅館やホテルは、ドアが外開きのところが、けっこうある。ソファみたいな大きくて重いものをドアの前に置けば、中の人間を閉じこめられる」

「でも、それはないですよね」本多が驚愕から素早く立ち直った。「女二人、しかもかなり酔っ払ってるのに、そんな力仕事ができるわけがない。それに客室の前にそんなものが置かれてたら、旅館の人が気づいてどけるでしょう」

「うん。でも、もっと簡単な方法があるよ。旅館の三和土《たたき》には、掃除の利便性のためか、ドアストッパーを置いてあるところがある。ほら、くさび形の、ドアの下に押し込むやつ。あれをドアの外側から嚙《か》ませれば、中の人間は出てこられない。女の力でもできるし、薄暗い夜の廊下なら、旅館の人も気づかないかもしれない」

「………」本多はすぐにはコメントできなかった。気を取り直すために、ビールを飲む。息を吐いた。「田代美弥と矢田ひかりが、それをやったと？」

わたしは首を振る。「それは、わからない。でも、あの二人も不思議に思ったんじゃないかな。なぜ村林駿貴は逃げ遅れたのか。若い男なのに。自分たちは酔っ払ったけれど、村林駿貴は素面《しらふ》で作業してたのに、と」

「そこで思い出したんですか。自分たちが村林駿貴を閉じこめる話をしたことを」

「そこまでは、いい」わたしもビールを飲んだ。「やったことをはっきり憶《おぼ》えてたのなら、犯罪だよね。現実問題としてどのような罪名に問われるのか、あるいは問われないのかはわからないけど、自分たちが後輩を死なせたという強い自覚がある。もちろん自分の人生を終わらせたくないから、警察に自首したりしない。それでも、はっきりとした自覚があるのなら、動画配信なんて、もうできないんじゃないかと思う。その度《たび》に、村林駿貴の顔が浮かぶんだから」

「でも、はっきりとは憶えていなかった」

　ふうっ、と本多がまた息を吐いた。「二人とも、ひどく酔っていた。旅行の解放感もあって、記憶をなくすような飲み方をしていた。二人で、ドアストッパーを使って閉じこめようとしたような気もするし、していないような気もする。実際にやったかどうかになると、さらに記憶が怪しい。思い出そうとすればするほど頭が混乱して、ありもしない記憶を捏造《ねつぞう》しそうになる。でも、そんなことでもなければ、若い男である村林が逃げ遅れるはずがない。村林駿貴が死んだという事実が、記憶をますます混乱させる。旅館は全焼したから、ドアストッパーの証拠なんて、残ってるわけもないですし」

「はっきりとした記憶と自覚があれば、動画配信なんて続けられない。でも、ひょっとしたらやったかもしれないけど、わからないという状態では、収入を得る手段を手放す決断もできない。わたしはこの依頼を宙ぶらりんと表現したけど、あの二人こそ、宙ぶらりんになってしまった。いや、二人じゃない。二人のうち、片方は」

「どうして、片方だと思うんですか？」

本多の質問に、わたしは渋い顔をして答えた。

「いい加減な想像だけど、火事の後の、二人の表情。田代美弥は、前と変わらぬ笑顔で動画に出ている。今まで動画に関わってくれていた村林駿貴の死は悲しいけど、あれは火を出した旅館のせいであって、自分のせいじゃない。そう思って切り替えることはできる。つまり、田代美弥は村林駿貴の死について、疚《やま》しいところがないんじゃないか。ドアストッパーを使って閉じこめたかもしれないなんて、みじんも考えてないんじゃないか。あの表情を見ていて、そう思った」

「一方、矢田ひかりは無表情キャラだった……」

わたしはうなずく。

「矢田ひかりは、ドアストッパーの記憶があったのかもしれない。実際にやった記憶はなくても、一度は意識を向けた記憶が。その記憶と、村林駿貴の死を結びつけた。村林駿貴が死んだ以上、ドアストッパーが外から嚙まされたのは、間違いないのではないか。では、それは誰がやった？　自分？　田代美弥？　その両方？　矢田ひかりはずっとモヤモヤした気持ちを抱えていた。でもその気持ちは、表情には表れなかった。表さずに済んだともいえる。ただ、田代美弥と共演する動画は撮らなくなった。どうしても、温泉旅館を思い出してしまうから。モヤモヤは時間が経つにつれて、どんどん大きくなっていった。そして臨界を越えた。白黒つけたい、と」

「ま、まさか」本多がつっかえた。「矢田ひかりは、コイントスしたっていうんですか？」

「あり得ると思った」

わたしは一度目を閉じて、開いてから話を続けた。

「自分と田代美弥、どっちかがドアストッパーを嚙ませた。酔った勢いの悪戯《いたずら》として。どっちがやったのか、わからない。それなら本多くんの言うコイントス、くじ引きをすればいい。殺し屋に、自分と田代美弥のどっちかを殺してもらうよう依頼する。殺すのは、片方だけ。殺された方が罰を受けた、つまりドアストッパーを嚙ませた張本人。そんなふうに考えたのなら、今回の依頼の説明ができる」

しかし本多が難しい顔をした。

「どっちかがわからないのなら、どちらとも殺してしまえ、とはならないということですか」

「ならない」それがわたしの答えだった。「二人とも殺せだと、田代美弥を百パーセント罪人と認定することになってしまう。田代美弥は、無実である可能性もあるんだよ。無実の罪で確実に殺されるのと、どっちが犯人かをくじ引きで決めるのは、やっぱり違うと思う。友人である田代美弥への、最後の気遣いなんじゃないかな」

わたしはいったん話を終えた。二人とも黙ってオードブルを食べ、ビールを飲んだ。オードブルの花形である海老フライを食べてから、本多が口を開いた。

「依頼人は、矢田ひかりだった。少なくとも鴻池さんはそう判断しました。だったら依頼人じゃない方を意図的に殺したことになりますよね。どうしてですか？」

「ああ、それね」わたしは枝豆を飲み込んでから答えた。「矢田ひかりが殺されたとする。警察は矢田ひかりの周辺を調べるでしょう。そしたら、銀行口座から五百五十万円が引き出されていることに気づくかもしれない。『矢田ひかりは、いったい何にこんな大金を使ったんだ』ということになって、こっちに火の粉が飛んでくるかもしれないでしょ。それは避けたかった」

「ああ、なるほど」本多は納得がいったというふうにうなずいた。「田代美弥なら、そんな後ろ暗い証拠がないですもんね」

「くじ引きとしては、公平じゃないかもしれない。でもそれは、こんな方法で白黒つけようとした矢田ひかりが悪い。とはいえ結果は出た。矢田ひかりの中では、ドアストッパーは田代美弥がやったことになった。村林駿貴を死なせたのは田代美弥であって、自分ではない。これからはスッキリした気持ちで、動画配信に臨めるんじゃないかな」

わたしはビールを飲み干した。空き缶をテーブルに置いて、相棒を見た。

「五百五十万円払った甲斐《かい》があったってもんだよ」

女と男、そして殺し屋

第一章　鴻池知栄の標的

バス停に近づくと、バスがウィンカーを点滅させた。

車体をゆっくりと左に寄せ、停車した。ドアが開き、乗客が降りていく。最後に、老夫婦がバスを降りた。まず夫が降り、歩行者や自転車が近づいてきていないのを確かめるためか、左右を見てから妻を降ろした。二人が十分に離れたところで、バスが発車する。

情報によると、床田《とこだ》厚志《あつし》と床田輝子《てるこ》の夫婦は、七十三歳と七十二歳だ。まだ老人と呼ぶには早すぎるけれど、見た目だけなら十歳は年上に見えた。

歩道を並んで歩く。二人とも背中が丸まっているし、歩くスピードも遅い。それでも夫婦二人で寄り添っている姿は、仲の良さを感じさせた。

「持とうか？」

床田厚志が、妻に話しかけた。床田輝子は、右手に紙の箱を持っている。有名な和菓子店の名前が入っている箱だ。重そうには見えない。

「大丈夫」

床田輝子は答えたが、強がっているふうにも素っ気ないふうにも聞こえない。夫の気遣いに感謝している。そんな響きだった。

バス停から自宅までは、それほどの距離はない。老人二人の歩みでも、二分そこそこで到着した。門を開けて、妻を先に入れる。夫が周囲を見回してから、自分も中に入った。

仲睦まじい老夫婦。自分たちも年を取ったら、あんなふうになりたいと思う若夫婦も、少なくないだろう。

けれど、残念ながら、彼らの夫婦生活はもうすぐ終わる。

わたしが、片方を殺すから。

＊　＊　＊

「依頼が来たということですが」

本多元がコーヒーカップを用意しながら言った。「今回は引き受けるんですか？」

わたし——鴻池知栄はうなずいてみせる。

「受けるよ。標的の情報に間違いはなかったし」

わたしは今、郊外にある本多のアトリエに来ている。小振りだけれど造りがしっかりしていて、防音性能も高い。絵を描くのもフランス語を翻訳するのも、静かな場所で集中して取り組む必要がある。そんな理由で選んだ場所だ。それはつまり、殺人の相談にも向いているということだ。

世間の人たちは、殺し屋と聞いてどんな姿を思い浮かべるのだろうか。

それはつまり、今まで目にした物語に、どのような殺し屋が登場したかという問いと同じだ。映画、漫画、小説。様々な物語に、様々な殺し屋が登場する。そのどれかを目にした記憶が、思い描く殺し屋像に直結しているのだろう。

残念ながら、わたしはそのどれにも当てはまらない。実際、こんな冴えない中年女が殺し屋として登場したら、観客や読者からブーイングが殺到するだろうから。顔だちには目をつぶるとしても――物語に出てくる女殺し屋は、美女と相場が決まっている――、せめて身体能力くらいは秀でていてほしいと思うだろう。

大変申し訳ないけれど、ただの中年女であるわたしは、そのような能力は持ち合わせていない。理由は簡単。必要がないからだ。軍の特殊部隊に求められるような、鍛え上げられた肉体。そんなものがなくても、人は殺せる。それこそ軍の特殊部隊に求められるような、鍛え上げられた肉体を持つ相手であっても。わたしは多くの経験から、それを知っている。

わたしは暗記している依頼内容を繰り返した。

「標的は、床田輝子。七十二歳。小金井《こがねい》市に夫と暮らしている。監視するかぎり、二人とも毎日仕事に出てるってわけではなさそうだね。在宅勤務の仕事なのかもしれないけど、どこかの職場に出勤してはいない。年齢からしても、引退して悠々自適な生活に見える」

「うらやましい話だ」

本多が平板な声でコメントした。わたしは小さく笑った。

「よく言うよ。翻訳家と画家の兼業で、昼夜を問わず楽しそうに働いている人が」

「いや、本音ですよ」本多が真顔で返す。「翻訳家業からさっさと足を洗って、本業の絵描き一本に絞りたいですから」

画家としての収入は、翻訳家としての収入に比べると、本業どころか副業ですらなく、アルバイト程度でしょ——そう思ったけれど、口には出さない。単に「そうだったね」とだけ答えておいた。

「そういえば、今まで聞いたことなかったですけど」思い出したように本多が言う。「アクセサリーって、本当に送ってるんですか?」

心外な、という顔で答える。

「送ってるよ。だって、代金だけもらって品物を送らないと、詐欺じゃんか」

平凡な中年女であるわたしは、これまた平凡な表の顔を持っている。通信販売業を営んでいるのだ。ただ、表の職業は、殺し屋稼業にも役立っている。通信販売の注文にときどき紛れ込む『幸運を呼ぶアクセサリー　五百五十万円』という商品がカタログに載っているからだ。

幸運を呼ぶアクセサリーの注文。それは殺人の依頼を意味している。

本多が訝《いぶか》しげな顔をする。「依頼人が誰だかわからないのに、どうやって送ってるんですか？」

本多がコーヒーを出してくれた。熱くてすぐには飲めないから、まず香りを楽しむ。

「簡単だよ。こいつだけは、仲介業者に入ってもらってるんだ。注文を受け付けてもらって、内容をわたしに転送してもらう。わたしが指示したら、預けているアクセサリーを、注文者に発送してくれる。そんな業者は珍しくないから、便利に利用させてもらっているんだ。アクセサリーの価格は業者に伝えていないから、怪しまれることもない」

「仲介業者に頼む理由は、セキュリティですか」

「そう。殺し屋と依頼人が直接やりとりしても、いいことは何もないからね。仲介業者を挟むと、お互いの素性を知らずに済む」

仲介業者から転送された注文には添付ファイルが付いてきて、決められたパスワードで開くと、標的の情報が書かれている。標的の周辺を調査して、引き受けられそうなら『受注確認』の返信をする。標的の情報が間違っていたり、正しくても自分の手に余るような依頼であれば『在庫切れ』という返信をすることになっている。

こちらもプロだから、可能なかぎり依頼は受けたいと思っている。けれど残念ながら、依頼の情報が間違っていることは少なくない。標的の名前を持つ人物は存在しているけれど、依頼に添えられた写真とは似ても似つかぬ別人だったり、そもそもそのような人物は実在しないということだってあるのだ。また名前と写真が合っていても、それがアメリカ合衆国大統領だったりしたら、受けたくても受けられない。わたしの能力を超える依頼だからだ。

今回も、通信販売を装った依頼が届いた。いや、本多に説明したように、実際にアクセサリーは送付するから装うも何もないのだけれど、顧客が本当に求めているのは、標的の死だ。

添付ファイルの内容は、標的である床田輝子の写真と住所だった。回答までに数日間の猶予をもらって、情報が正しいかを確認した。その結果、小金井市の住所に床田輝子という人物が住んでいることがわかったし、写真の女性が床田輝子本人であることも確認できた。だから、昨日のうちに依頼人には『受注確認』の返信をしておいた。

「今回は条件が付いてきたんですよね」

本多の確認に、わたしは再びうなずく。

「そう。来年の二月十二日までに実行してほしいということだったよ」

「二月十二日ですか」本多が卓上カレンダーを見る。「ぴったり二カ月後ですね」

カレンダーを見るまでもない。今日は十二月十二日だ。

「いつも依頼を受けてから一カ月くらいで片づけてるから、別に大変じゃないんだけど、特急料金を設定しておいてよかったよ」

殺人の依頼は、今まで一律五百五十万円に料金設定していた。けれど依頼には様々な希望が付くことが多くて、その分の業務負担が増していた。だから本多のアドバイスを受けて、依頼内容によっては追加料金を取ることにしたのだ。今回は〆切設定があるから、特急料金という名目でプラスαの料金をいただいている。

「急ぎたいお客さんから見たら値上げなんでしょうけど、依頼が激減したわけじゃないなら、正しい判断といえるんじゃないでしょうか。それ以前に、五百五十万円という金額が適正価格なのか、わかりませんけど」

わたしは笑った。

「元々が、子供の中高の学費が五百五十万円くらいという理由で決めた、いい加減な金額だからね。これ以上値上げをする必要もないよ。話を戻すと、二月十二日までに床田輝子を仕留めなくちゃいけない。ずっと引きこもりってわけじゃなくて、毎日買い物とかで出掛けているようだから、隙はあると思う」

「高齢になって引きこもると、認知症を心配しなくちゃいけませんからね。いいことだと思います」

本多が一般論を口にした。

「それなんだけどね」わたしは意識して困った顔を作った。「ちょっと面倒くさい仕事かもしれない」

本多が瞬きした。「っていいますと？」

「旦那さん」わたしは短く答えた。「毎日出掛けてくれるのはいいんだけど、いつも旦那さんが一緒なんだ」

「おや」本多が目を大きくした。「そんな歳でラブラブですか」

「そう見えるね」一瞬、亡夫の顔が脳裏に浮かんだけれど、無視した。「家から数十メートルのところにバス停があって、そこからバスに乗って街に出てる。出るときも二人。戻ってくるときも二人。なかなか、標的が一人になる機会がない」

「そりゃ、確かに面倒くさそうですね」あまり本気にしていない口調。「だったら二人とも殺せばいい――そんなふうにはなりませんか」

「ならないよ」わたしは片手を振った。「報酬が出るのは、標的を殺した分だけだからね。ただ働きして、しかも逮捕のリスクが上がる。いいことは、何もない」

「そうでしょうね。まあ、鴻池さんなら特に苦労せずに、奥さんの方だけを殺せると思いますが」

本多は自らの顎《あご》を指でつまんだ。

「それにしても、二月十二日って、何なんでしょうね。正月とか年度末なら、まだわかるんですが、妙に中途半端な日付です。バレンタインデーでもないし」

「そうなんだよね」わたしはカップを取って、ちょうどいい温度になったコーヒーを飲んだ。「今の日本では、三百六十五日、何かの記念日になってる。だから調べれば、二月十二日だって、何かの日になってるんでしょう。でもそれが今回の依頼に関係していると限らない」

本多がスマートフォンを手にした。カレンダーを呼び出す。

「来年の二月十二日は、日曜日ですか。曜日に意味があるかどうかは、わかりませんが」

「そう。わからない。だから、気にしない。日付の意味は、依頼人だけが知っていればいい」

わたしは身も蓋《ふた》もない答え方をした。「二月十二日に殺してくれってわけじゃない。二月十二日までだからね。もう少し監視して、殺せるタイミングをつかんだら、さっさと実行するよ。できるだけ、二月十二日から遠い日にね」

本多が目を大きくした。「どうしてですか？」

「依頼人が標的とどんな関係なのかはわからないけど、殺そうとするくらいだから、まったくの無縁じゃないよね」

「そうでしょうね」

「だったら、依頼人は一度は捜査線上に浮かぶ可能性がある。捜査の過程で、依頼人と二月十二日の関係が警察にわかってしまうかもしれない。二月十二日の直前とかに実行すると、依頼人の疑いが濃くなるでしょ。それは避けたいんだ。万が一にでも依頼人が逮捕されて、わたしに殺人の依頼をしたことを自白したら、困る」

「なるほど」大きくした目で瞬きする。「すると、年内ですかね。年をまたぐと、心理的な区切りがつきますし。そうなると、実質、二週間程度です。やっぱり、特急料金をもらっておいてよかった」

「そういうこと」

わたしはコーヒーを飲み干した。

「進捗《しんちょく》があったら、また連絡するよ。本多くんに手伝ってもらうこともあるかもしれないし」


高齢者という言葉は、判断を誤らせる危険な響きを伴っている。

なんとなく、農村の縁側でお茶をすすっている光景が目に浮かぶのだけれど、それはとんでもない間違いだ。今の七十代前半の人たちが現役バリバリだった頃には、すでに携帯電話もインターネットも普及していた。しかもバブル景気を経験しているから、フランス料理のフルコースとか、気取ったイタリアンとかを競って食べていた人たちなのだ。考えようによっては、今の若い世代よりも、はるかに派手な経験をしているともいえる。そしてそういった経験は、いくつになっても引きずるものだ。

床田輝子と床田厚志の夫婦も同様だ。今もおしゃれなカフェでランチを食べている。それとなく観察したところでは、床田輝子はリコッタチーズのパンケーキ、床田厚志はバターチキンカレーを注文したようだ。

「伊豆旅行の件」前菜のサラダを食べながら、床田厚志が言った。「年末年始は混むし、春休みも学生の卒業旅行とかで混むだろうから、その間に入れようと思ってるんだけど、どうかな」

「うん……」

床田輝子が答える。注意していないと聞き取れないくらい、小さな声。床田厚志がため息をついた。

「いつまでも気にしてたって、仕方ないよ。やれることはやったんだから、元に戻らないと」

「うん……」

煮え切らない妻の態度に、夫は自分が進めなければならないと考えたのだろう。スマートフォンを手に取り、液晶画面を覗《のぞ》きこんだ。

「成人の日の三連休も混んでるだろうから、そこは避けよう。平日に行けるのが俺たちのいいところだから、そこをやり過ごして、休み明けの一月十日出発なんかいいな――いや、やっぱり二月十二日の後にしよう。日曜日だから、十三日の月曜日出発ならいいだろう?」

「――うん」

先ほどよりも能動的な返事。床田厚志は鞄から旅行情報誌を取り出した。

「冬だから、やっぱり温泉だな。伊東や修善寺は前に行ったから、もうちょっと足を延ばすか。下田とか下賀茂とかがいいかもね。伊豆なら、どこでも魚はおいしいだろうし」

床田厚志が一人で喋りながら、旅行計画を練っていく。床田輝子は特に反対していないから、このまま夫の立てた計画どおりに伊豆に行くことが決まるのだろう。

残念ながら、その旅行は実現しない。出発の前に、床田輝子は死亡するのだから――いや、待て。

床田夫妻は、二月十三日から旅行に行く。依頼の〆切日である二月十二日の翌日から。

これに、どのような意味があるのだろうか。


「何か意味がありそうですが」本多が腕組みした。「そう思ってしまうこと自体、想像が過ぎる気もします」

「そうなんだよね」わたしも同意した。「思い込みで間違えるパターンの匂いがする」

平日の午前中。わたしは本多のアトリエを訪ねた。画家兼翻訳家である本多は、明るいうちに絵を描いて――照明の下で描くのは嫌いらしい――、夜は翻訳業にいそしむという生活パターンだ。だから訪問するときには事前にアポを取っておかないと、仕事の邪魔をしてしまう。

一方、わたしは個人営業の通信販売業者だから、比較的時間の融通が利《き》く。標的の話をしてから一緒に昼食を取ろうということになって、標的とその夫の話を盗み聞きした内容を、相棒に語ったわけだ。

本多が淹《い》れてくれたコーヒーを飲む。芸術家は味覚のセンスも優れているのか、彼が選んだ食べ物や飲み物は、とてもおいしい。

「でも、勝手に結びつけただけだとも言い切れないんだよね」

わたしはスマートフォンを操作して、録音した二人の会話を再生した。おしゃれなカフェは騒々しくないから、少し離れたテーブルからでも会話を録音できる。

『成人の日の三連休も混んでるだろうから、そこは避けよう。平日に行けるのが俺たちのいいところだから、そこをやり過ごして、休み明けの一月十日出発なんかいいな』

床田厚志がそう言ったところで、再生を止めた。

「旦那さんは、一度は別の日を提案してる。でも、すぐに取り消した。そして続く言葉が、これ」

再生ボタンを押す。

『――いや、やっぱり二月十二日の後にしよう。日曜日だから、十三日の月曜日出発ならいいだろう?』

また音声を止めた。

「最初の一月十日から、いきなり一カ月先の二月十二日に飛んでる。旦那さんは、奥さんが二月十二日という日付を気にしていることを、知ってるからだよね。『やっぱり』というくらいだから、その理由も」

「ってことは」本多が眉間《みけん》にしわを寄せた。「奥さんは、自分がその日までに狙われていることを知ってる……？」

「そうとは限らないよ」わたしは先走りそうになる相棒を抑えた。「現段階では、『二月十二日という期日は、依頼人だけでなく標的にも関係していそうだ』くらいかな」

「それもそうですね」本多が宙を睨《にら》んだ。「奥さんが二月十二日を気にしている理由を知ってるのなら、旦那さんの方もまったく無関係というわけでもないんでしょうね」

「そうかもしれない。別に、旦那さんが依頼人でもいいんだけど」

「もし、そうなら」本多が奇妙な顔で笑った。「旅行計画は、いわばアリバイ作りですか。『自分は妻が死ぬなんて、想像もしていなかった。ほら、こうして旅行の計画まで立ててるんだから』って言うつもりなんでしょうかね」

「そうかもしれない」我ながら煮え切らない表現を繰り返す。「別の可能性もあるけど」

本多が眉間にしわを寄せる。「といいますと？」

「旦那さんが依頼人じゃないかって話をしたけど、逆かもしれない。奥さんに殺害依頼がかかっていることを、旦那さんの方が知っていたとしたら？　二月十二日まで護《まも》り抜けばこっちの勝ちだと思って、その日程に旅行を入れようとした可能性がある。事実、バスを降りるときも家に入るときも、旦那さんは周りを見回していた。何かを警戒しているみたいに」

「…………」

打てば響く本多にしては珍しく、すぐに反応しなかった。コーヒーをひと口飲んでから、口を開く。

「もしそうなら、初めてのパターンですね。標的の関係者が依頼を知ってるってのは」

わたしもコーヒーを飲む。「うん。慎重になった方がいい」

「うーん」本多が難しい顔で腕組みした。「鴻池さんの意見にケチをつけるわけじゃありませんが、ちょっと納得しづらいですね。もし旦那さんが、奥さんが狙われていることを知っているのなら、どうして警察に相談しないんでしょうか」

「してるかもしれないよ」わたしは答える。「でも、それで警察が動くかどうかは、別問題。ときどき世間を賑わすストーカー殺人事件があるでしょ。あれなんか、報道では警察に相談してるケースがほとんどじゃない。でも事件は起きた。正直なところ、そんな相談は数が多すぎて、一件一件にまで手が回らないんだと思う。実際に大事件に発展するのは、ほんの一握りなんだから、それは仕方ない」

「つまり、警察は役に立たないということですか」

「防犯という面では、そのとおりかもしれないね。実際に事件が起きてから、本気を出して捜査されたら、怖い相手だけど。でも実は、旦那さんは警察に相談してないんじゃないかと思ってる」

本多が眉間にしわを寄せる。「どうしてですか?」

「旅行の日程以外にも、気になるやりとりがあったんだ」

わたしは再びスマートフォンを操作した。少し前に戻って再生する。

『いつまでも気にしてたって、仕方ないよ。やれることはやったんだから、元に戻らないと』

再生を止める。

「『やれることはやった』という言葉からは、床田夫妻が何らかの問題を抱えていたことが窺《うかが》える。その処理を『やった』ってことだろうね」

本多が後を引き取る。

「『元に戻らないと』って続く以上、問題は解決したってことですか」

「そのうえで『気にしてたって、仕方ない』と励ますくらいだから、問題を作ったのは、奥さんの方だね。そこでだ」

わたしは本多を見た。

「何が起きたのか、考えながら監視していたら、思いつくことがあったんだ。二人は一軒家に住んでる。その家を観察していて、気がついた。家には車庫があるんだけど、車を置いていない。プランターとかが置いてあって、ほぼ家庭菜園状態だった。この季節だから、植物は植わってなかったけど」

「車を持っていないってことですか」本多がよくわからない、という顔をした。「都内で車を持っていない家庭なんて、別に珍しくもないでしょう。買った家がたまたま車庫付きだっただけってことは、十分あり得ると思いますけど」

当然の疑問だ。わたしは答える。

「車庫の奥に、洗車キットが置いてあった。つまり、以前は車を使っていたってこと。それも、そんなに昔のことじゃない」

「…………」

「夫婦は移動にバスや電車を使っている。車は手放したのか。それはなぜか。すぐに思いつく仮説があるよね。床田輝子の名前で検索したら、交通事故の記事に行き当たったんだ。コンビニの駐車場で、アクセルとブレーキを踏み間違えた事故。車が急発進して、店から出てきた中年女性をひいて死亡させた。今年の三月のことだよ」

通り一遍のテレビニュースだと、被害者や加害者の名前が出ないことも多い。けれど丁寧に情報を拾っていけば、たどり着くことは可能だ。

本多が眉間にしわを寄せた。ほんの少し黙ってから、口を開いた。

「そんなことがあったんですか。名前が報道されたってことは、一度は逮捕されている。そのうえで今現在自由に暮らしているということは、逃亡した挙げ句に捕まったわけじゃないですね。それなら収監されているでしょうから」

「同じ理由で、飲酒運転ってこともないだろうね。純然たる業務上過失致死。交通事故の処理については詳しくないけど、懲役や禁固でも執行猶予がついたか、罰金で済んだか。相手への慰謝料とかは、任意保険を使えたと思う。もう九カ月経っているし、刑事も民事も決着がついている可能性が高い」

「当然、被害者の遺族への謝罪もしているでしょうね。葬儀にも参列したかもしれない。

まさしく『やれることはやった』わけだ」

「でも、事故を起こす前には戻れない」殺し屋に感傷は不要だ。わたしは淡々と続ける。「死亡事故を起こしたら、一発で免許取り消しになる。そうでなくても、人をひき殺した車になんて、乗り続けたくないでしょう。だから手放したとすれば、筋は通る」

「いや、ちょっと待ってください」

本多が掌をこちらに向けてきた。「床田輝子は車を使っていたけど、事故のおかげで運転できなくなった。不便でしょうに。旦那さんの方も免許を持っていたなら、車を買い換えて、旦那さんが奥さんを送り迎えする方が自然だと思いますけど」

「そう思う」わたしは肯定の言葉で否定した。「ここで、二人の年齢が影響する。奥さんは七十二歳で、旦那さんは七十三歳。事故の原因は、アクセルとブレーキの踏み間違いという、いかにも高齢者が起こしそうなミスだよね。奥さんが、事故を起こした原因が自分の年齢にあると考えたなら、自分より年上の旦那さんも同じ事故を起こす危険があると考えても不思議はない。むしろ奥さんの方が懇願したかもしれないよ。『お願いだから、あなたも免許を返納して』って」

本多が納得顔になった。「それで、二人はバスに乗ってるのか……」

しかしすぐに表情を引き締める。

「今回の標的、床田輝子が事故を起こしたことはわかりました。鴻池さんが、警察に相談してないいんじゃないかと思ったのは、そのせいですね。死亡事故の加害者に対して、警察が優しく接するわけがない。いくら事故を起こしたのが自分だといっても、警察に対する心証は相当悪くなったことでしょう。加害者当人である奥さんだけでなく、旦那さんも警察と関わり合いになりたくないという心理が働く。そういうことですか」

「さっきも言ったように、警察に話していても、警察が床田輝子を護衛しないという結果は同じだけどね」

「うーん」本多がまた唸《うな》った。「それでも、引っかかるところはあります。旦那さんが依頼のことを知ってるのなら、もっと前から、〆切の二月十二日まで旅行に出掛けて、逃げちゃえばいいんじゃないでしょうか。実際、一度は一カ月以上前の一月十日出発を提案しているわけだし」

「だったら、狙われていることがわかった時点で出発してるよ。わざわざ一月十日まで待つことはない」

「あっ、そうか」

「それに、旅行で逃げるというのは、難点がふたつある。ひとつは、旅行にはお金がかかること。伊豆半島に数日間旅行に行ける程度には持っているんでしょうけど、二カ月近く旅費や滞在費を払うのはキツいのかもしれない。いくら賠償金は自動車保険から出たとしても」

「確かに」

「そしてもうひとつは、土地勘。旦那さんは、自分の妻を殺しに来る相手を警戒しなければならない。でも旅行先は勝手がわからない。どこに死角があるか、どこなら襲われやすいのかが、わからない。会話からすると、旅行先は行ったことのない土地のようだし。でも普段の生活圏内なら、ある程度注意するポイントがわかるでしょ。だったら、自宅にいた方が、まだ対策をたてやすい」

「なるほど」本多が目を大きくした。「鴻池さん、すごいですね。そこまで考えてたんですか」

「普段は、そこまで頭は回らないよ」わたしは片手を振った。「頭が回るのは、人殺しのときだけ」

物騒なことを言って本多を鼻白ませてから、話を続ける。

「標的が交通事故加害者という点は、気に留めておく必要がある。床田輝子が殺されたら、警察は当然、交通事故との関連性を考えるでしょう。もし依頼人が被害者側の人間だったら、その人は一度は疑われる」

「交通事故の被害者が依頼人ということは、理由は復讐ですか」

至極真っ当な問いかけに、わたしは首を傾げることで答えた。

「うーん。それはどうかな」

「といいますと？」

「依頼されたときに、いちいち理由は聞いていない。でも、やっているうちに、なんとなく理由が見えてくることがあったでしょ？」

「ありましたね」

今まで散々議論の相手になってもらっていた本多がうなずく。わたしはうなずき返した。

「その理由は、ほとんどが実利的なものだった。怨恨が理由だったのは、依頼人に直接手を下す能力がないときだけ。今回もそのパターンかもしれないけど、少なくとも被害者は死亡している。だったら復讐のために依頼するのは遺族や極めて近しい人間でしょう。はたして彼らに、殺し屋を雇ってまで加害者を殺したい実利的な理由があるかどうか」

「実利的な理由ですか」本多が真剣な顔で考え込む。「事故処理が済んでいるのなら、これ以上金銭のやりとりはないはずです。床田輝子が、自分の保険金の受取人を遺族にしていないかぎり、お金目当てではないでしょうね」

「たぶん」わたしも同意する。「でも実利は、お金を得るだけじゃない。地位だったり、権力だったり。そんなプラスだけじゃなくて、マイナスを未然に防ぐってケースも、過去にはあった。口封じとかが、そうだったよね」

「ありましたね。ただ、どれも床田輝子に当てはまらない気がします」本多は真剣な表情のまま、宙を睨んだ。「交通事故の加害者になってしまったとはいえ、現役を引退した、ただの高齢者ですよ。そんな人を殺して、誰がどんな得をするんでしょうか。あえていうなら、最も近くにいる旦那さんでしょうけど」

「そうだね。でも、わたしの仕事は床田輝子を殺すことであって、依頼人が誰かを突き止めることじゃない。誰がどんな得をするかなんて、関係ない。とはいえ――」

わたしは渋々といった表情を作った。「交通事故について、もう少し調べてみるよ。警察が交通事故の関係者を調べるのは確実だから、ある程度の情報があった方が、危険度は下がる」

わたしはコーヒーを飲み干した。

「じゃあ、ご飯を食べに行こうか」

「彼は、もう元に戻っていますよ」中年男性がコーヒーを飲んだ。「心配されることは、ありません」

午後九時のコーヒーショップ。奥まった席で、床田厚志と床田輝子は、中年男性と向き合っていた。

「そうですか」納得していないような、床田厚志の声。おしゃれなカフェと違い、街のコーヒーショップはそれなりに賑やかだ。一応録音しているけれど、聞き取れるほど明瞭に録音できているか、心許ない。会話を聞き漏らさないように、しっかり耳を澄ます。

床田厚志の心情を読み取ったか、中年男性が小さく首を振る。「大丈夫ですよ。お気持ちはわかりますが」

「直接は、話せないんです」

今度は、床田厚志が首を振った。「直接お目にかかっての謝罪は、受け入れていただけませんでした。それでも、私どもには、お子さんの将来に対して責任があります」

あらためて中年男性に顔を向けた。

「先生。あの子の受験は大丈夫なのでしょうか。もし学習塾や個別の家庭教師を付けた方がいいのであれば、費用は負担させていただきますので」

学校の先生に失礼なもの言いというのは承知していますが——そう続けて、床田厚志が頭を下げた。

学校教師らしい中年男性は、困った顔を向けた。

「もちろん大学受験に絶対はありません。でも、第一志望校はB判定が出ていますし、第二志望校以降はすべてA判定です。同級生と一緒に勉強していて、成績は上向いています。関東工科大学は難関ですが、彼はやってくれると信じています」

教師の言葉にも、床田厚志の表情は冴えないままだった。

「つまり、一般受験ということですよね。あの子が学校推薦を取れなかったのは、事故の影響があるんでしょうか」

「…………」

教師はすぐに答えなかった。コーヒーを飲む。カップをテーブルに戻した。

「そういうわけではありません。我が校は、生徒に一般受験を推奨していますから」

図星を指された口調だった。取り繕うように、先を続ける。「指定校推薦が悪いわけではありませんが、しっかり努力して、大学に見合った学力をつけて入学することが、子供たちの将来に役立つと考えています」

正論なのだろうけれど、言い訳がましい響きを伴っていた。床田厚志も察したようだけれど、それ以上追及しなかった。

「受験本番まで二カ月を切りました。もちろん息抜きも必要でしょうが、すべての誘惑を断ち切って、学校なり塾なり自宅なりで勉強に集中する時期です。もし、あの子が勉強に集中できないでいて、たとえ一カ月間でも優秀な家庭教師を付けた方がいいのであれば、こっそりおっしゃっていただけないでしょうか。私どもの名前を出さずに、彼の夢が実現するように取り計らいます。先生に余計なお手間を取らせてしまうことについては、お礼を考えさせていただきますので」

「ご冗談を」

最後の言葉を、教師は一蹴した。けれど床田厚志の提案を全否定したわけではなさそうだ。

「生徒を支援してくださろうというお気持ちには、感謝します。必要ないと思っていますが、万が一そのような状況になれば、お声掛けします」

床田輝子が深々と頭を下げた。

「よろしくお願いいたします」

わたしは本多に、床田厚志の監視結果について説明した。

「こんな具合」

本多が腕組みする。「あしながおじさんですか」

「そう思えるね」わたしはうなずく。「調べたところでは、床田輝子が交通事故で死なせたのは、植木佐緒里《うえきさおり》という武蔵野《むさしの》市在住の中年女性だった。武蔵野市といえば、床田夫妻が住んでいる小金井市の隣だね。母子家庭だったみたいで、一人息子と一緒に暮らしていた。母親に死なれたから、息子は家に一人残されたわけだ」

「それは心配ですね」被害者の子供に感情移入したのか、本気で心配する顔になった。「お話を聞いているかぎりでは、子供は高三。事故が三月だったのなら、二年から三年に上がるタイミングということになります。ショックで勉強どころじゃなかったのなら、大切な高三の一学期を棒に振った可能性が高い」

「床田厚志は、そのことを言っているんだろうね」わたしが本多のコメントを受けて言った。「わたしの頃と受験のシステムは変わってるだろうけど、指定校推薦を取れるかどうかは、高校三年間の成績で判断されるはず。三年の一学期の成績がボロボロだったなら、それが原因で指定校推薦を取れなかった可能性がある。損害賠償とは別に、床田夫妻が子供の将来を心配するのも納得できる」

わたしは本多が淹れてくれたコーヒーを飲んだ。前に来たときと違う味だ。前回はグァテマラで、今回はキリマンジャロらしい。目の前の芸術家は、酸味の強いコーヒーが好きなのだ。

「学校の先生としても、受験を間近にしたこの時期に、余計な面談を入れたくないはず。それでも、交通事故被害者の遺児をケアしたいという気持ちが伝わったから、床田厚志の申し出を受けたんだろうね。おそらく床田厚志は、ものすごく真剣だった。だからこそ、普通なら絶対に明かさない生徒の個人情報も話している」

「まあ、個人情報といっても、志望校と模試の判定結果だけですけど」

　本多がそうコメントして、コーヒーを飲んだ。わたしはコメントを返す。

「その子の元々の成績がどうだったかは知らないけど、関東工科大学にB判定ってのは、立派なものだと思うよ。先生も言ってたけど、難関なんでしょ」

「そうですね。僕の部活仲間が関東工科大学に合格したんですけど、先生たちはずいぶんと喜んでました。うちの高校も進学校を気取ってましたから、他の進学校みたいに私立志望の人間でもセンター試験——今は共通テストですか——の受験が必須でした。それでも、しょせんは形から入るだけの自称進学校です。関東工科大学合格者が出るのは稀《まれ》だったんで、あんなに喜んだんでしょうね。うちの高校から合格者が出るなんて、みたいに」

　目の前の芸術家がどんな高校生だったのか、興味がなくはないけれど、話を進める。

「念のため、その子を数日間観察してみたけど、確かに同級生と勉強してるみたいだね。お隣さんの女の子と登下校が一緒で、どうもその子と家でも勉強してるみたい」

「おや」本多の目が面白そうに光った。「彼女さんですか」

「そう見えた。ずっと一緒にいる感じだったよ。好きな女の子と一緒なら、勉強も力を入れざるを得ない。恰好悪いところを見せたくないからね。成績も上がるはずだ」

一瞬、微笑《ほほえ》ましい空気が周囲に立ちこめた。けれど本多がすぐに実務の話に戻した。

「それで、どうなんでしょう。交通事故の被害者には、子供が一人いた。床田輝子に恨みを持ちそうのは、その子だけです。その子が依頼人なんでしょうか」

賠償金をもらっているのなら、殺し屋を雇えるくらいのお金を持ってるでしょうし――本多はそう続けた。

だったとしたら、床田輝子は救いたいと思っている相手に殺されることになる。シェイクスピアばりの悲劇だけれど、こちらも実務家の脳で考える。

「あり得なくはないんだけどね」わたしは曖昧に首肯《しゅこう》する。「でも、この前話した、殺害を依頼する理由の傾向とは合わない。仮に子供が母親の復讐を狙っていたとしても、他人に頼むかな。復讐は、自ら手を下してこそ、意味がある。血気盛んな男子高校生だよ。自分で金属バットを持って小金井市に乗り込むのが自然じゃないかな。事故処理のやりとりで、床田輝子の住所はわかっているわけだし」

「それもそうですね」

「第一、復讐のために殺したいのなら、すぐに殺してほしいでしょう。わざわざ二月十二日なんて遠くに期限を切る必要はない」

「うーん」本多が宙を睨んだ。「本当に、二月十二日って何なんですかね——いや、ちょっと待ってください」

形のよい掌《てのひら》をこちらに向けて、ほんの短い時間黙考する。掌を降ろして、スマートフォンを取った。

「依頼人をその子供と仮定して……」

つぶやきながらスマートフォンを操作する。画面を見る目が見開かれた。「やっぱり」

スマートフォンの画面をこちらに向けてきた。

「関東工科大学のホームページで調べました。入試の合格発表日が、二月十二日です」

「合格発表日？」

意外な指摘に、さすがに驚いた。

「これは、偶然なんでしょうか。それとも合格発表日を意識して依頼したんでしょうか。子供が依頼人だったら、自分は受験勉強で忙しいから、代わりに殺してほしいって」

面白い考えだけれど、否定せざるを得ない。

「さっきと一緒だよ。それなら早く殺してもらった方が、安心して受験勉強に集中できる」

言い方がおかしかったのか、本多が小さく笑った。

「合格発表までは落ち着かないでしょうから、復讐相手が死んだことで安心できるかどうかはわかりませんけど。それにしたって、自分の合格発表を〆切にする必要は、まったくありませんね。合格が決まったら自由の身ですから、卒業旅行とかで遊びに出掛けることもあるでしょう。それまでにスッキリさせたいってことはあるかもしれませんけど」

スマートフォンをテーブルに置いて、本多がまた腕組みをする。

「僕たちが気にしているのは、床田厚志がこの依頼を知っているかもしれないという可能性です。その床田厚志は、遺児の大学合格を願っています。賠償金とは別に、お金を出そうとするほどに。仮に床田厚志が、その子が自分の妻の殺害を依頼したことを知っていたのなら、そんな行動に出るでしょうか」

「出ないだろうね」床田夫妻の会話を思い出す。「奥さんは、その子の合格発表日を旦那さんから聞いた。進学先が決まるまでは、自分が楽しむことなどできない。そう思って、旅行を合格発表日以降にしたかった可能性がある。旦那さんも事情を知っているから、当たり前のように合格発表日の二月十二日以降の出発を提案した。そう考えれば、旅行の方は説明がつく」

「不合格かもしれませんけど」

「それは大丈夫」わたしは片手を振った。「今の合格発表って、大学のホームページにアクセスして、自分の受験番号を入力すれば合否判定がわかるってシステムだと思う」

娘の大学受験も、そう遠くはない。だから大学入試制度については、調べ始めている。

「でも床田夫妻の年齢だと、大学構内の掲示板に受験番号がずらりと並んでいて、直接見に来た受験生が一喜一憂する。そんな昔ながらの光景を想像しているでしょう。少なくとも奥さんは、今のシステムを知らない可能性がある。旦那さんだけが当日大学に足を運んで、ありもしない掲示板を見て、いもしないその子が喜んでいたと、奥さんに報告すればいい。結局は奥さんが大事なんだから、奥さんを安心させることができれば、合否ははっきり言ってどうでもいい。合格してほしいのは本音なんでしょうけど」

「なるほど」架空の光景が浮かんだのか、本多が感心の声を上げた。「少なくとも旦那さんは、その子が奥さんの殺害依頼をしたと思っていないという結論ですか」

「そうなるね。依頼が交通事故と関係ないのなら、警察が一本道で依頼者にたどり着くことはない。だったら、話は簡単。いつもどおり、淡々と実行すればいい。依頼人が指定した二月十二日が、被害者遺児の合格発表日と重なるのは気になるけど、わからないのなら気にしない方がいい」

そう。床田輝子は交通事故で人を死なせてしまった。依頼の期限である二月十二日に関係しているのは、遺児。でも遺児が床田輝子を殺したいとすると、理由は復讐。それでは殺し屋を雇わない。それに、遠くに期限を置くのも変だ。だから、遺児は依頼人になり得ない。

でも。

依頼人が〆切を設けた事実を無視すれば、すべての事実に整合性がとれる。

本当に、そうか？

――合格発表までは落ち着かないでしょうから。

――合格が決まったら自由の身ですから。

本多のコメントが甦る。

想像が過ぎるかもしれない。でも、もし想像が当たっていたのなら、こちらとしても対応を変えなければならない。

今度はわたしがスマートフォンを取った。検索画面に文字列を打ち込んで、検索する。

「本多くん」

わたしは相棒に声をかけた。

「年内に実行するって言ったけど、予定変更」

「変更」本多が繰り返す。「じゃあ、いつですか？」

「一月十四日か、十五日」

わたしはスマートフォンの画面を見ながら即答した。「たぶん、その方が依頼人を護れる」

「護れるって」本多が珍しく戸惑った声を上げた。「どうしてですか？」

「一月十四日と十五日は」わたしは答えた。

「大学入試の共通テストがあるんだ」

第二章　富澤允の標的

「ほらーっ、シャツの裾《すそ》が出てるよ」

言うなり、葛西実花《かさいみか》は植木雄太《ゆうた》の学生鞄をひったくった。「ちゃんと、しまって」

雄太が通っている高校の制服は、男子はブレザーだ。加えてコートのボタンを留めていないから、シャツの裾が出ているのがはっきりわかる。確かに、だらしない印象を与えていた。

「もーっ、うっさいなあ」

ぶつぶつ言いながらも、雄太は素直にシャツの裾を学生ズボンにしまった。実花が学生鞄を雄太に返す。並んで歩きだした。

「雄太は、今日、英語表現の特講あるんでしょ」歩きながら、実花が話しかける。「わたしは古文。同じくらいの時間に終わるから、一緒に帰ろ」

えぇーっと雄太が不満の声を上げる。ただ、全面拒否という口調と表情ではなかった。

「特講が終わったら、校門で待ってること。いいね？　帰ったら、一緒に勉強するよ」

「はいはい」

二人は高校三年生ということだ。大学入試はもう目の前だ。学校も生徒も、完全にラストスパートモードに入っている。けれど、少なくともこの二人には、悲壮感は感じられなかった。成績がいいのかもしれないし、戦友が身近にいる安心感があるのかもしれない。

二人の家が隣同士ということは、監視を始めてすぐにわかった。家から徒歩十五分の距離にある進学校に、二人が通っていることも。

同じ学校に通う、幼なじみ。女の子が男の子の世話を焼く。微笑《ほほえ》ましいシチュエーションだ。でも、残念ながらハッピーエンドにはならない。

片方を、僕が殺すから。

＊　＊　＊

「依頼が来たぞ」

事務所に入るなり、塚原俊介が言った。職場から直接来たのか、スーツ姿にビジネスバッグを提《さ》げている。

僕——富澤允は旧友にソファを勧めた。「どんな奴だ？」

コートを脱いでソファに座った塚原が、ビジネスバッグからシステム手帳を取り出した。最近はスケジュール管理もメモもスマートフォンで済ませる人が増えてきたけれど、塚原は未《いま》だに紙の手帳を使っている。世の中には、デジタルデータに残さない方がいい情報もあるのだ。

システム手帳の、ふせんを貼ってあるページを開いた。「植木雄太という、十八歳の高校生だ。武蔵野市に住んでいる」

システム手帳のポケットに指を入れて、中から写真を取り出した。テーブルに置く。

「こいつだ」

正面から撮影されていないし、被写体もカメラ目線ではない。それどころか、ガラス越しに撮られていて、しかも画像全体が傾いている。明らかに隠し撮りされた写真だ。

ファストフード店のカウンター席に、制服姿の男女が二人。テーブルのトレイには、ドリンクやポテトが載っているのがわかる。ショートボブの少女と、かろうじて目が前髪に隠れていない少年が写っていて、少年の方に赤マジックで丸がつけられていた。こちらの方が植木雄太という意味なのだろう。名前からして間違えようがないのだけれど、このように確実性を重視する依頼人は、ありがたい。

髪は染められていない。少女もそうだから、校則なのだろう。眼鏡はかけておらず、シャープな顔の輪郭がはっきりとわかる。真面目そうな印象を与える顔だちだ。

塚原が写真を裏返す。裏には、植木雄太という名前と、東京都武蔵野市の住所が書かれていた。素早く住所を暗記する。

「オプションは？」

僕は尋ねた。殺害依頼には、ただ殺害するだけでなく、追加の依頼がついてくることがある。殺人に見せないようにとか、希望の殺害方法にしてくれとか、いろいろある。実行可能な依頼の場合、追加料金をもらって引き受けることにしている。それがオプションだ。追加依頼の難易度によって、オプションの料金も変えている。

「ある」塚原はまたシステム手帳に視線を落とした。「急ぎ指定だ。来年の二月十二日を過ぎてから、できるだけ早めに殺してほしいとのことだ」

今日は十二月十九日だ。指定の二月十二日までは、二カ月弱ある。

「二月十二日を過ぎてからということは、二月十三日以降ということか」

中小企業相手の経営コンサルタントという立場上、あちこちの取引先から、来年の手帳を大量にもらっている。一冊手に取って最後のページを見る。そこにカレンダーが載っていることが多いからだ。案の定、年間カレンダーが掲載されていた。それによると、来年の二月十二日は日曜日だ。当然、翌日の十三日は月曜日ということになる。

「二月十二日に殺してくれ、じゃなくて二月十二日を過ぎてから殺してくれ、なんだな？」

「『伊勢殿』はそう言っていた」

伊勢殿とは、もう一人の連絡係だ。伊勢殿が依頼人から依頼を受けて、塚原に伝える。そして塚原が僕に依頼を伝達するというわけだ。

どうしてそんな伝言ゲームのようなことをやっているかというと、安全のためだ。依頼を受ける伊勢殿は、殺し屋である僕のことを知らない。だから僕に、依頼人に、殺し屋の素性を教えようがない。一方、塚原は依頼人を知らない。だから僕に、依頼人の情報を教えようがない。間に二人の連絡係を挟むことで、依頼人が殺し屋から恐喝される心配をなくし、僕が依頼人から警察に売られる心配をなくせる。

臨床試験における二重盲検法《にじゆうもうけんほう》に似たこのシステムは、塚原と伊勢殿が考え出した。おかげで僕は、安心して殺し屋稼業に励むことができている。

それはともかく、今回の依頼は気になるところがある。

「依頼を引き受けたら、原則二週間以内に実行する話はしたのかな」

「したらしい」塚原が間髪《かんはつ》を入れずに答える。「俺も気になったから、伊勢殿に確認した。依頼人が言うには、むしろ二週間以内に殺してほしくない。あくまで二月十二日を過ぎてから、そこを起点にして、できるだけ早めに殺してほしいとのことだ」

「うーん」僕は腕組みした。「急ぎの依頼のオプション料金は、五十万円だ。ずいぶん先の実行だから、準備期間は十分に取れる。オプション料金をもらうのは申し訳ない気もするけど、スタート地点が先なだけで、急がされるのは同じだから、まあいいか」

「そう。ルールはルールだ」塚原が笑った。「オプションについては、伊勢殿がちゃんと説明している。気を利かせてオプション料金不要と判断する権限は、伊勢殿にはない。あの人は機械的に五十万円上乗せを説明するだけだよ」

「それもそうか。二月十二日を過ぎたら一気に難易度が上がる仕事かもしれないから、もらえるものはもらっておこう」

塚原が顔を上げてこちらを見た。「どうする？　受けるか？」

塚原の質問に、僕は写真から顔を上げて答える。「丸がついてるのが本当に植木雄太で、この住所に住んでることがわかったら、受けるよ」

いつもどおりの質問に、いつもどおりの答え。しかし塚原は目を三日月のようにした。

「ほほう。未来ある少年を殺すか」

「仕事だからな」僕は簡単に答えた。「高校生は初めてだけど、大学生なら実績がある。標的の年齢で仕事を選ぶことはない」

「愚問だったな」塚原が表情を戻した。「標的は標的。それ以上でもそれ以下でもない」

殺し屋という存在は、洋の東西を問わず、多くの物語に登場する。

ただ、あくまで物語上の存在であって、実際に存在するかどうかは、ほとんどの人が知らないのではないだろうか。僕はその存在を証明できる、数少ない人間の一人だ。なぜなら、僕自身が殺し屋だから。

殺し屋には、業界団体がない。いや、あるのかもしれないけれど、僕は加入していない。だから自分の他に殺し屋が存在しているかどうか知らない。報道される殺人事件の中には、ときどき「プロの殺し屋の仕事かな」と思わせるものがある。けれど確認できない。ひょっとしたら僕は、世界でただ一人の、実在する殺し屋なのかもしれない。他にいるかどうかはともかく、少なくとも僕は殺し屋なのだから、依頼を受けて人を殺す仕事をしている。今回も連絡係である塚原から、仕事の話をもらった。

依頼を聞いてから、引き受けるかどうかを判断するまで、三日間の猶予をもらっている。僕はその三日の間に、東京都武蔵野市の住所に、写真に写っていた植木雄太という高校生が住んでいることを突き止めた。

「引き受けるよ」

事務所を訪れた塚原に、僕はそう答えた。明日が回答期限なのだ。

「あらあら。引き受けるんだ」横から岩井雪奈が口を挟んだ。「高校生を殺すなんて、ひどい人」

事務所には、塚原の他に、恋人の雪奈が来ている。僕が殺し屋だと知っているのは、連絡係の塚原と雪奈しかいない。だから仕事の話に雪奈が同席していても、塚原は気にしない。仕事に有益なアドバイスをくれることも少なくないから、むしろ歓迎してくれる。

塚原は苦笑しながらうなずいた。「わかった。『伊勢殿』にそう返事しておく」

僕は部屋の隅に置いてある冷蔵庫に向かった。缶ビールを三本と、棚に常備しているビーフジャーキーを取り出して、ソファに戻った。缶ビールを塚原と雪奈に渡す。開栓して、軽く触れ合わせた。仕事を受けたときの、いつもの儀式だ。

「それで、いけそうなのか？」

塚原が訊いてきた。塚原は連絡係であって、実行には関わらない。殺す方法については、本来彼が気にすることではないから、雑談レベルの質問だろう。

「まあ、いけると思うよ」僕も軽い口調で答えた。「さすがに高校の敷地内で実行するわけにはいかないけど」

塚原が眉間《みけん》にしわを寄せる。

「おまえなら、こっそり高校に潜入して、こっそり殺して、こっそり出て行くこともできるだろうに」

「できても、やらない」ビールを飲む。「同じ高校生の殺人事件でも、現場が学校かそうでないかで、扱われ方が変わるから」

「なるほど」雪奈が納得顔をした。「本来安全でなきゃいけない校内で事件が起こると、やれセキュリティがどうだったかとか、大問題になるもんね」

「そういうこと」さすが、雪奈は察しがいい。「徹底した検証が行われるから、逮捕のリスクが上がる。でも路上での事件だったら、そこまでじゃない」

「路上か」塚原が腕組みする。「おまえは、そのパターンが多いからな」

塚原は実際の殺人シーンを見ているわけではない。それでも僕が起こした事件は報道されるから、現場がどこかはわかっている。

塚原が難しい表情になった。

「相手は高三なんだろう？　大学受験するのかな」

いくら大学進学率が上がったとはいえ、まだ半数弱が就職や専門学校などに進み、大学進学の道を選ばない。それを念頭に置いての発言だろう。僕は答える。

「会話の端々《はしばし》から想像するに、大学受験するみたいだ。学校のホームページを覗《のぞ》いてみたら、ほとんどの生徒が四年制大学に進学する学校だった。一流大学への合格実績をアピールしていたから、いわゆる進学校だな。そんな学校の生徒で、この時期に受験勉強してるってことは、最近増えてきてる、指定校推薦で年内に合格済みってわけでもなさそうだ」

「ふむ」塚原は腕組みを解いて、今度は自らの顎《あご》を指でつまんだ。「二月といえば、国公立でも私立でも、大学入試本番の時期だ。ふらふら遊びに行ったりしてないだろう。チャンスは少ないかもしれないな」

もっともな指摘に、僕は曖昧にうなずく。「まあ、それはたいした問題じゃないんだけど」

「けど？」雪奈が聞きとがめた。「他に何か、気になることがあるの？」

「あるといえば、ある」

僕はビーフジャーキーの袋を開けて、中身を皿に盛った。塚原が手刀を顔の前に立てて、ひと切れ取る。「どんなことだ？」

僕もビーフジャーキーを齧《かじ》った。

「まだ標的が依頼どおりの人物なのかを確かめただけだから、何ともいえないんだけど、ちょっと面倒な相手かもしれない」

「っていうと？」

僕は雪奈に顔を向けた。

「登下校のときに、ずっと一緒にいる奴がいるんだ」

「あら」雪奈の目が期待に輝いた。「彼女？」

「そうかもしれない」僕は依頼についてきた写真をテーブルに置いた。少女の方を指さす。「監視を始めてから、この女の子がいつも傍にいる」

「いつもって」雪奈が今度は目を丸くした。「そんなにラブラブ？」

「そう見えなくはない」僕は曖昧に答えた。「まだ二日しか観察してないから、確定的なことはいえない。女の子は隣に住んでるんだ。少なくともその二日間、植木雄太は女の子と登校している。家に帰ってきたときも、その子と一緒だった」

「まあ」雪奈の声が高くなる。「幼なじみかな」

「そうかもしれない」また同じ言葉を返す。「どちらも一軒家なんだけど、それほど新しい感じはしなかった。二人が幼稚園児か小学生くらいのときに建ったとしても、おかしくない」

別に雪奈の期待に応えたいわけではないけれど、僕は話を続ける。

「隣の家には『葛西』という表札がかかっていた。植木雄太はその子のことを『みかちゃん』と呼んでたから、『葛西みか』というのが、その子の名前だろう。制服に付けた校章からして、同じ高校に通っているようだ。それから二人の会話から察するに、同学年らしい」

「まるっきり、マンガじゃんか」

ますます嬉しそうだ。「同じ高校に通う幼なじみ。しかもお隣さんって、完璧すぎ」

雪奈はマンガ家だ。少年誌に、高校を舞台にしたラブコメマンガを連載している。自分が創りだした世界が現実にもあると知ったら、喜ぶのも当然だ。

もっとも、雪奈に声をかけた理由も、そこにある。高校生の恋愛をよく描いているから、現実のカップルも、よく観察している。今回、標的の状況が少年マンガを連想させたから、彼女から助言をもらえないか期待したのだ。

「ともかく、二人の関係がどうあれ、毎日登下校が一緒なら、少なくともそこでは殺せないってことだよ。だから面倒かもしれないと言ったんだ」

「そうだな」塚原がうなずいた。「その女の子もろともってわけにはいかない」

「そういうこと。僕は殺し屋であって、テロリストじゃない」

「違うの？」

雪奈が大げさに驚く。僕は当たり前のようにうなずいた。

「テロリストは、標的を殺害するために、周囲の人間を巻き込むことをためらわない。社会不安を煽《あお》るのなら、むしろそうした方がいいくらいだ。でも殺し屋は、依頼を受けた標的だけを殺害する」

「あら、恰好いい」

「そんなわけじゃない」僕は頭を振った。「倫理観の問題じゃなくて、単に業務効率の問題だ。一人分の報酬しかもらっていないのに二人殺したりしたら、労働生産性が下がるからだよ。しかも、逮捕のリスクは上がる。標的以外を殺害しても、いいことは何もない」

「それもそうか」

世に出ているマンガには、殺し屋もテロリストも登場する。けれどその違いが明確になっているかというと、そうでもない。雪奈もまた、境界を曖昧に考えていたのだろう。それはそうだ。雪奈は僕が殺し屋だと知っているけれど、実際の殺しに加担したことはない。殺し屋の業務に関する知識は、一般人と変わらない。

僕はビールを飲み干した。

「ともかく、二月十二日まで時間をもらっている。もう少し観察してみるよ」

葛西実花と植木雄太が、雄太の家に着いた。

学校からだと、手前が雄太の家、奥が実花の家になる。実花が「じゃあね」と言う前に足を止めた。顔を雄太に向ける。

「晩ごはんは、大丈夫なの？」

実花の問いかけに、雄太が面倒くさそうに答える。「大丈夫だよ」

けれど実花が疑《うたぐ》り深そうな目を向ける。「本当？　またカップ麺ばっかり食べてるんじゃないでしょうね」

「そんなことないって」雄太がぱたぱたと手を振る。「料理は苦手じゃないんだ」

「『できる』と『やる』は別でしょ？」

雄太が黙り込む。図星を指されたときの反応だ。どうやら、料理するつもりはなかったらしい。実花が頰を膨《ふく》らませる。

「もーっ。外食でもコンビニのお弁当でもいいけど、ちゃんと野菜も食べるんだよ」

「わかってるって」

うっとうしそうな、でも嫌そうではない答え。文句たらたらでも、言うことは聞く。そんな関係なのだろう。

「夜にまた行くからね。それまでに、ちゃんとご飯を食べて、お風呂に入っとくんだよ」

「わかってるって」作ったような仏頂面《ぶっちょうづら》で雄太が同じ答えを返す。けれど実花は睨《にら》みつけるように幼なじみを見た。

「いい？　わたしが行くまでは、玄関の鍵を開けちゃダメだよ。ちゃんとチェーンロックもかけて。玄関前で連絡するからね。そしたら鍵を開けるんだよ。この前みたいに、一人でふらふら出歩かないでね」

「わかってるって」

三度言って、表情が緩みかけた。慌てて仏頂面を作る。実花が小さな笑みを浮かべる。

「じゃあ、また後でね」


「こんな感じだよ」

そう言って、僕はICレコーダーを止めた。「監視してる最中の会話を録音できた」

依頼を受けてから四日後。塚原が状況を確認に来た。幸い目の前に〆切がない雪奈も来てくれた。そこで、この音声を聞かせたのだ。

「すごいね」感嘆のため息交じりに雪奈がコメントした。「やりとりが、本当にマンガみたい」

「内容もさることながら」塚原が眉間にしわを寄せた。「よく録音できたな」

「まあ、蛇《じゃ》の道は蛇《へび》ということで」

僕は曖昧に答えた。

殺人を引き受けたら、標的について必要以上に知らないようにしている。詳しく知ってしまうと、殺人に依頼人の意思が込められてしまって、その意思を警察に辿られる危険があるからだ。

逆にいえば、必要な範囲では知る必要がある。そのために、標的の会話を録音する技術も持ち合わせているのだ。といっても、下校時刻はだいたいわかっているから、それに合わせて玄関前の植え込みに小型の集音マイクを置いただけなんだけど。

「ともかく、話を聞くかぎり、二人はつき合ってるんだろうな」

塚原が眉間のしわを消さずにこちらを見た。「それも、そういう関係ってことだ」

そういう関係とは、肉体関係にあるという意味だ。夜中に相手の家に行くということは、そのままベッドを共にしても不思議ではない。塚原はそう言いたいのだろう。

「まあ、高校生なら、そうであってもおかしくないと思うけどね」

「マンガだったら」雪奈が声を弾ませた。「二階のお互いの部屋が向き合ってて、窓越しに相手の部屋に行くんだけど」

「いや、残念ながら自分の家の玄関を出て、相手の家の玄関から入っていった」

「そうか」雪奈が悔しそうに言い、塚原が笑った。

「いくら隣同士でも、簡単に飛び移れるほど近くないだろう」

「それもそっか」不承不承《ふしようぶしよう》納得して、雪奈は視線を塚原から僕に移した。「でも、トミーってば、どうしてわたしたちに聞かせたの？」

「そこなんだ」ようやく本題に入れる。「なんてことのない、恋人同士のじゃれ合い。そんなふうに聞こえるんだけど、引っかかるところがあるんだ。それについて考えていることはあるんだけど、今ひとつ自信が持てない。だからユキちゃんに聞いてもらって、答え合わせをしたいと思った」

先ほどからのやりとりでわかるように、雪奈はマンガに出てきそうな設定が現実に起こると、非常に喜ぶ。でも、創作と現実を混同することはない。物語を創る人間ほど、現実と架空の区別を明確にするのだ。だから彼女の観察眼は頼りになる。

僕はICレコーダーに指を伸ばして、再生ボタンを押した。録音されたやりとりが再度流れる。雪奈が音声を聞き直している間に、コーヒーを淹《い》れた。

三回繰り返したところで、雪奈の眉がひそめられた。

「確かに、変だね」

「っていうと？」

塚原が訊いた。わかっていない口調。雪奈はICレコーダーを見つめたまま、うなずいた。出されたコーヒーをひと口飲む。

「女の子が、男の子の食事を心配してる。一軒家なんでしょ？　親はどうしたのかな」

「うーん」塚原が腕組みする。「共働きで両親とも遅くなるから、子供は自分で料理して食べなきゃいけないとか？　共働きでなくても、親がどちらかしかいない場合も同じだけど」

「そうかもね」雪奈は肯定の言葉で否定した。「でも、女の子はチェーンロックをかけろと言ってる。もちろん、親が帰ってきたら開ければいいんだけど、女の子は『わたしが行くまでは、玄関の鍵を開けちゃダメ』って言ってる。つまり、親は帰ってこないと思ってるってこと。少なくとも、女の子が夜に行くまでの時間帯には」

「確かに、そうだな」塚原が唇を歪めた。こちらを見る。「植木雄太の、親は？」

「僕が監視を始めてから、植木雄太の家には、本人と葛西実花以外には、誰も出入りしていない」

「…………」

塚原と雪奈が黙った。僕は返事を待たずに続ける。

「照明もそうだ。複数の部屋が同時に明るくなることはなかった。どうやら植木雄太は、一軒家に一人暮らししているようだ」

「おまえが引っかかったのは、そこか？」塚原が険しい顔をした。「一軒家なのに、高校生が一人暮らしをしていること。そこにどんな解釈があるんだ？」

僕は片手を振った。「気になるのは、それだけじゃない。まだある」

雪奈を見た。

「確かにね」雪奈が指先でＩＣレコーダーをつついた。「幼なじみの恋仲。より精神的に成長している女の子の方が、何かと世話を焼く。本当にマンガみたいなシチュエーションだね。いいものを聞かせてもらったと思うけど、トミーが気になるのは、わかる」

上目遣いに僕を見る。

「食事の心配は、いいよ。高校生男子が栄養のバランスを考えて料理するとは思わないから。学校が終わってから男の子の家に行くのも、わかる。いくら受験生といっても、親の目も先生の目もない状態だと、どうしても緩んでしまう。受験勉強せずに遊んじゃう心配があるから、女の子が一緒に勉強することによって、男の子も受験に取り組むしかない状況を作ってるのかもしれない。休憩時間にエッチなことをしてるのかもしれないけどね」

今度は雪奈が眉間にしわを寄せた。

「でも、鍵をかけろってのは言い過ぎじゃない？　しかも、チェーンロックをかけろだなんて。小学生じゃないんだから。幼なじみの男の子の世話を焼くって文脈でいくと聞き流しちゃうけど、高校生なんだから、明らかに不自然だよ」

「そう、そこなんだ」

同じ箇所に引っかかってくれて、僕は安心する。

「葛西実花は、なぜ植木家の施錠を気にするのか。食事の心配と同じく、放っておいたら施錠しないから、くり返し言っている可能性がある。では葛西実花は、何を心配しているのか」

「うーん」塚原が宙を睨んだ。「葛西実花は、植木雄太の家に誰も入れたくなかったってことか。二人で甘い時間を過ごしたいのに、高校の友だちとかがいたら困るから。一軒家に一人暮らしなら、友だちの溜まり場になっても、不思議はない」

「それだったら、チェーンロックとか言わないでしょ」雪奈のコメントは、ため息交じりだ。「せめて『今日は行くから、友だちを呼んだらダメだよ』とかじゃない？『チェーンロックをかけて友だちを閉め出せ』とは言わないと思うよ」

「それもそうか」

「それに、受験勉強も佳境って時期に、友だちを集めて騒いだりしないでしょ」

「確かに。じゃあ、どうしてだろう」塚原もコーヒーを飲んだ。「鍵をかける目的は、防犯だ。チェーンロックをかけるのは、より強い防御を意味する。葛西実花がわざわざ口にしたってことは、『警戒しろ』というメッセージか」

「そう思う」雪奈がうなずく。「それも、漠然とした防犯意識とかじゃなくて、警戒する心当たりがある。そんなふうに思えるね。鍵をかけて防げると思っているということは、相手は人間。そしてわたしたちの目の前には、高校生男子の殺害依頼を受けた殺し屋がいる」

あらためて僕を見た。

「女の子は、男の子が命を狙われていることを知ってる。知ってるから、警戒してる。そういうことなの？」

僕はうなずく。

「僕も同じことを想像した。ユキちゃんも指摘してくれて、確度が高まったように思える。あまり嬉しくないけどね」

「女の子は、男の子の危機を知った上で注意喚起してる」雪奈が後を引き取る。「ってことは、女の子は男の子を護《まも》りたいと思ってる。登下校が一緒だったり、夜も一緒にいたりすることは、男の子を護ろうという意志の表れなんじゃないかな。誰か他の人間が一緒にいたら、狙いにくいからね。それはつまり、トミーが殺しにくくなるってこと」

「そうなんだよ」さすがは雪奈。よくわかっている。「標的に護衛が付いているのは、初めてのケースだ。慎重になった方がいい」

「確かに、今までになかったパターンだな」塚原が腕組みする。「といっても、我らが殺し屋殿は、そんなことであきらめたりしないだろう？」

「まあね」なんといっても、金をもらっているプロだ。引き受けた以上、あきらめるという選択肢はない。「要は、ほんの短い時間でも、他人目《ひとめ》のないところで一人きりになってくれればいいんだ。生まれたての赤ん坊でもないかぎり、そんな機会のない人間はいない」

「でも、なんか妙だよね」雪奈が唇をへの字にした。「男の子が狙われてるのを知ってるのなら、女の子は、警察に相談してないのかな。せめて、学校の先生に」

「それは、わからない」僕は簡単に答えた。「少なくとも、僕が見たかぎりでは、警護されたり監視されたりはしていないようだった。まあ、よっぽどの事情がないかぎり、警察は一市民を警護したりしない。だから警察が監視している中に、のこのこと殺しに行くって間抜けな事態は避けられそうだ」

「それはよかったけど」雪奈はまだ表情を緩めない。「だとしても、やっぱり変だよ」

「っていうと？」

わかっていない口調で塚原が尋ねる。雪奈はまたICレコーダーを指でつついた。

「話しぶりを聞くかぎり、男の子は自分が狙われているとは思ってない。幼なじみがまたうるさく言っているな、としか感じてない口調だよ。女の子は、男の子に直接言ってないのかな。あんたは狙われてるんだから、注意しなさいとか」

「あっ、そうか」

「そこなんだよ」

塚原と僕の声が重なった。目配せし合って、僕が続ける。

「理由はわからないけど、狙われていることだけ知っているってのは、ちょっと考えにくい。だから葛西実花は、植木雄太が狙われる理由にも察しがついているんだろう。でもそれが、本人には言いづらいものだったとすれば、わからないではない」

「言いづらいものって」塚原が唇をへの字にした。「なんだよ」

「現段階で、わかるわけない」僕は簡単に答えた。「でも、いつも以上に慎重になった方がいいから、最低限の調査はする。その過程で、理由も見えてくるかもしれない。本当は、理由なんて知りたくないんだけど」

僕もコーヒーを飲んだ。少しぬるくなっているから、一気に半分飲む。

「調べた方がいいだろうな」塚原が首肯《しゅこう》した。「時間的余裕は、あるわけだし」

僕もうなずき返す。

「ああ。少なくとも、仕事に影響が出るか出ないかくらいは知っておきたい」

「調べるって」今度は雪奈が目を大きくする。「どんなふうに？」

「二月十二日」

僕は答えた。「依頼人が二月十二日を気にしてるのなら、依頼人と植木雄太は、二月十二日を介してつながっている可能性がある。ただ、葛西実花は二月十二日のことは知らないかもしれない」

「どうして?」

雪奈の疑問に、僕はコーヒーを飲み干してから答えた。

「もし葛西実花が、二月十二日を過ぎてからの依頼だと知っていたら、今警戒する必要はないだろう?」


夜中の住宅街は、監視がやりにくい状況のひとつだ。

住人以外の人間がうろうろしていると、不審に思われるからだ。しかし今回は幸い、人目につかなくて植木家を窺《うかが》うことができる場所を見つけた。十二月の夜だから寒いけれど、暑いよりはずっとマシだ。

深夜一時。玄関ドアが開いた。葛西実花が出てくる。続いて植木雄太も。

ドアをくぐったところで、葛西実花が足を止めた。振り返って植木雄太を見る。

「がんばったじゃんか。自信、ついた?」

玄関脇に置いた集音マイクは、本来の性能を発揮してくれている。技術の進歩は素晴らしい。電源を入れた状態で長時間放置していても、十分バッテリーがもつ。

植木雄太は人差し指で頰を掻《か》いた。「なんとかなると思う。実花ちゃんみたいに、お父さんの後を継いで弁護士を目指すってわけじゃないし」

「そういうことを言わないの」

実花がぴしゃりと言った。「関東工科大学だって、難関なんだから」

「ごめん」植木雄太が素直に謝った。「実花ちゃんのお父さんには、世話になったのに」

実花が表情を緩める。

「大丈夫だよ」葛西実花が微笑んだ。「今まで模試の判定結果がよくなかったのは、英語が原因だったんでしょ？　それが伸びてるんだから」

「だったら、いいけど――」

「最後まで、がんばるんだよ」葛西実花が植木雄太の言葉に被せて言った。「いい？　関東工科大学に入って、腕のいいエンジニアになって、自動車会社に就職するんだよ。絶対に事故を起こさない車を作るんでしょ？　それが成功することを、お父さんもお母さんも望んでるんだから」

「…………」

「そのためにも、余計なことを考えちゃダメだよ。入試が終わるまでは、勉強に集中するの」

「――わかってるよ。目標を捨てたわけじゃないんだ」

拗《す》ねたような返答に、葛西実花はまっすぐな視線を返した。

「雄太は一人じゃないんだから。たとえ一人で勉強してるときでも、わたしが傍にいることを忘れないで」

植木雄太が戸惑ったように瞬きした。そんな幼なじみに、葛西実花は顔を寄せた。短いキス。

「ずっと傍にいるからね」

そう言って、葛西実花は歩きだした。数歩歩いて隣家、つまり自分の家に着いた。そっと玄関ドアを開き、中に入る。その姿を、ずっと植木雄太は見つめていた。

——昏《くら》い目で。


「ずっと傍にいるからね、か」

雪奈が天を仰いだ。すぐに姿勢を戻して、僕を見た。

「言われてみたーい、そんな科白《せりふ》」

「これが昨晩のことだ」

雪奈を無視して、僕は言った。雪奈は沈痛な面持ちで頭を振るが、それも無視する。

「それにしても」雪奈が表情を戻す。「わたしは美大だったから、そっち方面は詳しくないけど、関東工科大学って私立の理系では相当難しいんじゃなかったっけ。東京工業大学の併願《へいがん》になるくらい。女の子の方も、司法試験を目指すのなら、かなりレベルの高い法学部に行く必要がある。優等生カップルなんだね」

「そう思う。別れ際にキスしてたから、塚原が想像したとおり、二人が恋仲なのは、間違いない」

「そうなんだろうな」塚原が面白くもなさそうな顔で答える。「話を聞いてると、二人で真面目に勉強してるのも窺える。それはいいよ」

塚原がコーヒーをひと口飲む。

「高校生の恋愛に、いつまでも関わっていられない。結局、わかったのか？　今回の依頼の背景は」

そう。それが、塚原が今夜やってきた目的だ。

「背景かどうかは、まだわからないけど、植木雄太について調べてみた」

「何か、わかったのか？」

「少なくとも、植木雄太が一軒家に一人で住んでいる理由はわかった。彼は、両親を亡くしている」

半ば予想していたのだろう。塚原も雪奈も、驚いた顔をしなかった。僕は続ける。

「まず、父親は三年前に亡くなっている。交通事故だ」

「三年前ってことは、中三のときか」雪奈が暗算するように宙を睨んだ。「高校受験前なのに、大変だったんだね」

「植木雄太の学校は、中高一貫校だよ。高校受験の必要がないから、最悪の事態は避けられたといえる。そうでなければ、受験勉強どころじゃなくて、不本意な進学を強いられていたかもしれない」

起こらなかった未来を論じていても仕方がない。僕は話を進めた。

「事故の記事をいくつも検索したら、状況がわかってきた。父親が仕事で運転していた車に、トラックが追突したらしい」

「トラックの運転手が、渋滞の最後尾に気づかなかったというパターンか」

「どうも、そのようだ。父親に落ち度はまったくなかったから、それなりの賠償金は支払われたはずだ。加害者であるトラックの運転手も死亡してるけど、運送会社のトラックだから事故処理も揉《も》めなかっただろうし。勤務中の事故だから、会社からも退職金だけじゃなくて、見舞金らしきものも出た可能性が高い。入っていたかわからないけど死亡保険金を合わせたら、植木雄太が社会に出るまでの間くらいは、十分生活できるんじゃないかな」

「それはよかったと思うけど」雪奈が険しい表情になった。「そういう問題じゃないよね」

「そう思う。植木雄太は一人っ子らしい。母親と二人きりになったんだ。反抗期という年齢だったかもしれないけど、それどころじゃない。父親を亡くして、彼には母親しかいなくなった。そういう事実を突きつけられて、母親が何よりも大切な存在になったことは、容易に想像できる」

「お前にしては、情緒的な表現だな」塚原が冷静に指摘した。「それは、この後の展開の布石なのか？」

「そう」察しをつけてくれて、ありがたい。

「母親が亡くなったのは、今年の三月のことだ。原因は、また交通事故。コンビニで買い物をして出てきたところに、車が突っ込んできたんだ。運転していたのは七十代前半の女性で、駐車場でアクセルとブレーキを踏み間違えた」

「ひどい話だ」塚原が低い声でコメントした。僕はうなずく。

「そう思う。父親のときと同様、母親は完全な被害者だ。一方、運転していた女性は、軽い怪我で済んだようだ。加害者が生きていて、自分のミスを認めている。飲酒や薬物を使用していたという報道はなかったから、任意保険も無事に使えたんじゃないかな。事故処理で揉めずに済んだ可能性が高い。つまり植木雄太には、まとまった金額がまた転がり込んできたわけだ。ユキちゃんが言うように、そういう問題じゃないんだけど」

雪奈が険しい表情のままうなずく。

「まだ高校生なのに、両親を相次いで事故で亡くすなんてね。さすがに、精神的なダメージが心配になる」

「同感だね。親戚くらいはいるかもしれないけど、高校三年生にもなると、成人の一歩手前だ。親戚が引き取るという年齢でもない。親戚が離れたところに住んでるのなら、はっきり言って頼りにならない。天涯孤独といっていいんじゃないかな」

「それで女の子が立ち上がったわけか」雪奈が察したように言った。『遠くの親戚よりも近くの他人』という言葉を、地で行ったんだね。幼なじみなら、男の子の両親のことも知ってる。父親が亡くなっていることも。それなのに母親も突然亡くなってしまったんだから、一人きりになった男の子のことを心配するのは当然のこと。精神的なショックで学校に来なくなるとか、生活が乱れるとかで受験勉強どころじゃなくなる可能性は低くない。何とか日常生活に戻ってもらうために、何かと世話を焼くようになった。元々つき合っていたから世話を焼いたのか、世話を焼いているうちに恋仲になったのか、それはわからないけど」

丁寧に自説を説明して喉が渇いたか、コーヒーを一気に飲み干した。ひとつ息をつく。

「そんなところだろうと、見当をつけている」僕もコーヒーを飲む。「二人の会話からすると、葛西実花の父親は弁護士らしい。植木雄太が葛西実花の父親に世話になったと言っているから、少なくとも母親の事故に関しては、葛西実花の父親が処理に動いた可能性はある」

「なるほどな」塚原もうんうんとうなずく。「進学校だったら、校則もある程度厳しいだろう。男女がラブラブで登下校していたら、さすがに学校側も注意する。でもこの場合は、葛西実花が植木雄太をケアする理由がある。きちんと説明したら、学校側も黙認せざるを得ない。というか、本来学校側がやるべきケアを生徒が肩代わりしてくれるんだから、大助かりだ。むしろ積極的にやってくれって感じだな」

「効果は出てるみたいだね」雪奈がＩＣレコーダーを見つめて言った。「絶対に事故を起こさない車を作るっていうのは、両親が交通事故に遭ったからだよね。それを努力の燃料にできるのは、精神的に立ち直った証拠」

「そうだとは思う」歯切れが悪いことを承知のうえで、僕はそんなふうに答えた。

「でも、せっかく立ち直った男子高校生に、殺害依頼があったわけだ。両親を相次いで亡くし、最後に残った本人も殺される。植木雄太は、そんな境遇にある」

「一家全滅か」塚原が物騒な表現をした。「両親の交通事故に、事件性はないんだな？」

「僕が調べたかぎりでは、どちらも純粋な交通事故だ。誰かの悪意は、入りようがないように見える。植木雄太が殺されたら、警察も両親の事故と関連づけて考えるだろう。でも、そこから導き出せるものは、何もないと思う」

「加害者が依頼人ってこともないか」

「その可能性もないわけじゃないだろうけど、事故処理はとうに終わっているだろうから、被害者の子供が死んでも、メリットはなさそうだ。逆に、被害者の子供が生きていることで、明確かつ具体的な不利益も考えづらい」

塚原が嘆息した。「富澤お得意の、スズメバチ理論か」

僕は素直にうなずく。「そういうこと」

僕は依頼人から直接動機を聞いているわけではない。でも依頼を受けて標的を殺害していると、動機らしきものが朧気《おぼろげ》ながら浮かんでくることがある。

「人は、恨みや憎しみで殺し屋を雇わない。それらを晴らすには、自分で手を下すしかないから。殺し屋に依頼するのは、もっとドライな損得勘定が元になっている。たとえば自宅の軒先にスズメバチが巣を作ったとする。放置していると危なくて仕方がない。

でも素人が巣を除去するのは危険だ。だから専門の業者に頼む。それが、殺し屋を雇う理由だ。標的が死んで得するというより、標的が生きていることで損をするから死んでもらう。そんなケースが多いと思っている」

塚原がスズメバチ理論と称している考え方を、あらためて説明した。

「うーん」塚原が腕組みする。「植木雄太を殺しても、依頼人に具体的なメリットがないのなら、はじめから植木一家全滅を狙ったわけじゃないってことか」

「おそらくは」

「男の子を殺す具体的なメリットは、ありそうだけどな」

雪奈が言い、塚原が眉を吊り上げた。「っていうと？」

「遺産」雪奈は短く答えた。「さっきトミーも言ったけど、交通死亡事故だから、賠償金が支払われたよね。金額は被害者の状況によって違うだろうけど、男の子は、両親二人分の賠償金や保険金を手にしたわけだ。その子が亡くなると、どこかの親戚にそのお金が渡るかもしれない。助ける気はないけど、お金だけは欲しいって親戚に」

塚原が唸《うな》った。

「遺産の額にもよるだろうけど、殺し屋を七百万で雇っても、利益が出る可能性が高い。人気のある武蔵野市なんだから、家と土地だって、売ればかなりの額になるだろうし。ありるな」

「なくはないだろうけど」僕は盛り上がりかけた二人を冷ますように、口を挟んだ。

「その仮説には、ふたつ問題がある。ひとつはなぜ期日を指定してきたのか。しかも、特定の日以降に殺してくれなんて」

　雪奈が瞬きした。「あっ、そうか」

　僕はひとつうなずいて、続ける。

「遺産相続は、当人が死んだら翌日に振り込まれるようなものじゃない。特に、植木雄太の事件は殺人なんだ。警察は被害者が死んで利益を得る人間を疑うから、その親戚も一度は必ず疑われる。疑いが晴れたところで、事件はいつまで経っても解決しないから、実際に遺産を相続するまでには、かなりの時間がかかるだろう。依頼人が金に困っていて、短期間のうちに遺産が欲しくても、そうはいかないんだ」

　塚原が返答に詰まった。「——確かに」

「相手は高校生だから、ゆっくり死ぬのを待つってわけにはいかないのは、わかる。でも殺してまで遺産が欲しいとなると、今現在経済的に困っている奴じゃないと思いつかない。だったら、わざわざ二月十二日を過ぎてからなんて依頼する理由がない。遺産が欲しいのなら、すぐに殺してほしいってのが正しい依頼になる。そもそも経済的に困っているのなら、たとえ将来的に遺産をもらえる見込みがあったとしても、目先の前金三百万円を払えないだろう」

「もっともだな」塚原がまた腕組みする。「もうひとつの問題は？」

「親戚が、遺産が欲しくて植木雄太を狙っていたとして、どうして葛西実花はそのことを知ったのか」

ぐぬう、と塚原が喉の奥で声を上げた。

「そうか。その親戚とやらが、他人に聞こえるところで悪巧《わるだく》みの話をするはずがない。告別式とかで顔は見るかもしれないけど、普段つき合いのない親戚を、高校生の植木雄太が憶《おぼ》えてるかどうか。憶えてたとしても、葛西実花に紹介するわけがないか」

「葛西実花が、植木雄太が狙われていることを知っているという前提だけどね」

「女の子の行動と発言が気になるから、慎重になってるんだもんね」

雪奈が両手の指を頭の後ろで組んだ。「遺産欲しさ説はボツか。いいと思ったんだけどな」

「そう思う」心底残念そうな表情に、僕は思わず笑ってしまった。すぐに笑いを収める。

「でも、このふたつの問題点は、他の動機であってもついて回る」

「いや」塚原が掌《てのひら》をこちらに向けてきた。「ちょっと待て」

そう言って、考えをまとめるように宙を睨んだ。コーヒーを飲む。カップをテーブルに置いて、視線を戻す。

「葛西実花が、植木雄太が狙われていることを知った。だから施錠に気をつけるように言って、登下校は自分が一緒にいることにした。そうすることによって、植木雄太が襲われる危険を避けた。俺たちは、そんな話をしてたよな」

雪奈が軽く首を傾げる。「そうだったね」

「何か変だと思ったんだ」塚原が目を大きくした。「家の鍵はいいよ。防犯のセオリーだから。でも、登下校はどうだ？　確かに、植木雄太を一人にしないことはできる。でも殺そうとしてる奴から見て、それって防犯になるかな」

雪奈が瞬きする。「……えっ？」

塚原が雪奈を見た。

「俺たちは、植木雄太を殺したい奴が、富澤を雇ったことを知っている。富澤はプロだから、一人きりのところを襲う。その意味では、植木雄太を一人にしないという、葛西実花の判断は正しい。でもそう思ってしまうのは、俺たちが富澤のやり方を知っているからだ。でも葛西実花はどうだ？　誰かが襲ってくると知っていたなら、そんなスマートな殺し方をするとは考えないだろう。刃物を持って突っ込んでくるとか、鉄パイプを振り回してくるとか、そんな想定もしなくちゃならない。完全装備の機動隊員ならともかく、か弱い女子高生が近くにいたところで、防御になると考えるかな」

「なると思ったから、一緒にいるんじゃないのかな」雪奈が恋人の旧友を見返した。「ショットガンで二人同時に殺すなんてことがないかぎり、女の子には、行動する余地が生まれるでしょ。大声を出すとか、防犯ブザーの紐を引っ張るとかするだけで、犯人をビビらせることができる。女の子は、別に犯人と格闘して勝とうとは思ってないと思うよ。突然だと身体が硬直してそんな対応は取れないだろうけど、女の子はその日に備えて心の準備をしてるからね」

「——ああ、なるほど」

塚原が日の大きさを戻した。「葛西実花の行動が、植木雄太を護るものじゃないとしたら、問題のひとつは解決すると思ったんだけど」

「護ろうとしてるのは、間違いないと思う。『ずっと傍にいるからね』なんて言うくらいだから」

「確かに」塚原は自らの顎を指でつまんだ。「じゃあ、視点を変えよう。そもそも、依頼人が指定した二月十二日ってのは、何なんだ？　富澤はこの前、この日付をキーに調べるって言ってたけど」

「それが難しい」僕は答える。「父親の命日は十月二十一日だし、母親が亡くなったのは三月八日だ。どちらも違う。本人の誕生日は、さすがに調べられなかった」

殺し屋の調査で不自由なのは、関係者への聞き取りができないことだ。だからどうしても、公開された情報を辿ることになる。何らかの形で一度でも公開された情報であれば拾える自信はあるけれど、いち個人の誕生日は難しい。植木雄太はSNSでプライベートを晒《さら》したりしていないし——僕はそう言い添えた。

「じゃあ、わからずじまいか」

塚原の言葉に、僕は曖昧に首肯する。

「これが理由だというほど、はっきりしたものは見つからなかった。ただし、植木雄太に関係する二月十二日が、ひとつだけ見つかった」

「何？」雪奈が身を乗り出す。僕は恋人を見た。

「合格発表日なんだ」

二人の客がきょとんとした。僕はＩＣレコーダーを指さす。

「植木雄太の志望校は、関東工科大学らしい。学部によって入試のスケジュールが違う大学もあるけど、関東工科大学は統一している。二月十二日が合格発表日だ」

事務所に沈黙が落ちた。塚原も雪奈も、黙って情報の意味を考えている。

「ってことは」塚原が沈黙を破った。「依頼人は、植木雄太が合格発表の結果を見てから死んでほしいってことか」

「そう思えるね」雪奈も続いた。「どの程度合格の可能性が高いのかわからないけど、結果は知らせてあげたいと」

塚原が天井を見上げる。

「他に思い当たる節がないのなら、依頼人は受験の結果がわかってから殺してほしいんだろう——なぜだ？」

訊かれても困る。

「わからない」僕は正直に答えた。「わからないから、いつもどおりにやるしかない。二月十二日という期日が、合格発表日を示しているかどうかも定かじゃないし。葛西実花は、植木雄太が狙われていることを知っていて護ろうとしているのかもしれないけど、それをかいくぐることは、難しくない」

「そうだろうな」

塚原のコメントに対して、軽く渋面《じゅうめん》を作ってみせる。

「ただ気になるのは、植木雄太が死んだ後の、葛西実花の動きだ。『自分はこんな理由で、植木雄太が狙われるのを知っていた。だから怪しいのはあいつだ』とか言われると、それが正しかった場合に依頼人が追及される心配がある。もちろん依頼人が殺したわけじゃないから、警察の追及はそれで終わりだ。でも葛西実花が騒ぐのは、あまり嬉しくない」

「じゃあ、葛西実花も殺すか?」

「まさか」僕は首を振る。「依頼されていない人間を殺すことはない。この前言ったとおりだよ」

「葛西実花が騒いでも、無視か」

「それでいいと思っている。もっとも、葛西実花が警察や先生に相談しているかによって、展開は変わる。相談していれば、本気で対応しなかった学校や警察が責められる。警察にムキになって捜査されるのは、僕にとっていいことじゃない。でも言ってなければ『どうして今まで言わなかったんだ』と葛西実花の方が責められるだろう。植木雄太が狙われていることを他人に言っていない時点で、変な言い方をすれば、葛西実花は依頼人の共犯なんだ。そう思われるのは、葛西実花にとっても本意じゃないだろう」

「確かにね」雪奈が身を乗り出した。「で、トミーはどっちだと思ってるの?」

「後者――言ってない可能性が高いと思ってる。もし言っていたら、警察が護衛しなくても、植木雄太の周囲にはもっとプレーヤーが多くていいはずだ。けれど監視するかぎり、植木雄太の近くには葛西実花しかいない。むしろ、葛西実花は植木雄太の周りから他人を排除しているようにさえ見える。本人としては、護るためなのかもしれない。でも本当に植木雄太を護りたいのなら、周囲を巻き込んで大事にする方がいいんだ。けど、そんな様子は見られない」

そこまで話して、頭の中に火花が散った。

――葛西実花は植木雄太の周りから他人を排除しているようにさえ見える。

――本当に植木雄太を護りたいのなら、周囲を巻き込んで大事にする方がいいんだ。

相反しているように見える、ふたつの考え。でも、それは本当に相反しているのか？

――護ろうとしてるのは、間違いないと思う。『ずっと傍にいるからね』なんて言うくらいだから。

「……そうか」

「どうした？」

塚原の声で、我に返った。短い間、自分の思考に没頭して、独り言を言ったらしい。

僕は塚原と雪奈に顔を向けた。

「大丈夫だよ。うまくいくと思う」

「葛西実花は無視か」

「そうするつもりなんだけど」僕は今度は本気で渋面を作った。「今回の仕事は、アフターサービスが必要かもしれない」

第三章　実行

毎日が日曜日、という言葉がある。

定年退職を迎えたり失業した人のことだ。週の何日かは決まった時間帯に仕事をして、週の何日かは休みという、生活にメリハリがつかない状態を指す。

床田夫妻は当てはまっているようで、特に仕事に出ている気配はない。それでも、生活のリズムは安定しているようだ。いつ何をやってもいい身分だと、結局何もやらずに一日が過ぎてしまったりする。生活の行動パターンを決めておいた方が、かえって楽なのかもしれない。

床田厚志本人が言っていたように、平日に自由に動ける身分だと、混み合う土日は自宅にいることが多いようだ。依頼を受けてから彼らを観察していると、それがよくわかる。つまり、一月十四日と十五日の週末も、自宅にいる日ということになる。冬の寒い日なら、なおさらだ。

週末は引きこもりの日と決めて、事前に食料の買い出しなど準備をしていれば、ずっと家から出ないことは可能だ。事実、監視を始めてから、床田輝子は週末にほとんど家から出ない。そう、ほとんど。

一月十四日の午後二時。わたしは床田家の裏口近くで身を潜めていた。ここは、往来や隣家から死角になる。コートのポケットにカイロを入れて、手を温めながら、そのときを待った。

土日は外出しない。それはつまり、昼間から酒を飲んでもいいということだ。自宅での食事風景を監視したわけではないけれど、そう思わせる行動を、床田輝子は取っている。昼食後の一定の時間帯に、ビールの空き缶を持って勝手口から出てくるのだ。おそらくは夫の床田厚志が飲んだ缶ビールの空き缶を、外のゴミ箱に捨てるために。

午後二時十分。全国の共通テスト会場では、国語の試験が行われている。国公立大学受験生なら全員。私立専願でも、文系ならば必ず受験している時間帯だ。国語を受験しない理系の受験生でも、十五時十分から外国語が始まるから、外をうろうろしたりしていない。

勝手口のドアが開いた。ナイフを持って身構える。床田輝子が出てきた。手には、ビールの空き缶を持っている。勝手口近くに置かれたゴミ箱に捨てるつもりなのだ。空き缶はひとつだから、片手は空いている。右に空き缶を持って、左手でゴミ箱の蓋《ふた》を開けて空き缶を捨てる。それが床田輝子の行動パターンだ。

今日も、同じように動いている。ゴミ箱の前に立って、蓋を開けようとした。

そのとき。

床田輝子の身体が凍りついた。

顔も、驚愕に歪《ゆが》んでいる。

今だ。

わたしは素早く身体を伸ばして、ナイフで床田輝子の首を薙《な》いだ。

次の瞬間、床田輝子の首から血液が太い水流となって噴き出した。立ち位置や切る場所を工夫したから、血液はこちらに降りかかってこない。

おそらく、床田輝子は自分の身に何が起きたか、理解できていないだろう。それでいい。驚愕の目から光が失われ、床田輝子はゴミ箱のすぐ脇に倒れ込んだ。出血量から考えても、床田輝子は確実に死亡する。

わたしはナイフをその場に捨て、ゴミ箱の蓋に貼ってあった紙片を回収した。床田輝子が死なせた、植木佐緒里の顔写真だ。自分が死なせた人物の顔をいきなり見せられたら、誰だって硬直する。その硬直の時間が大切なのだ。ほんのわずかでも静止して、周囲への注意が完全に途切れる時間があれば、成功の確率が飛躍的に高まる。

前もって決めておいたルートを通って、住宅街を離れた。ナイフは警察に回収されても、わたしにはたどり着かないものだ。目撃者も防犯カメラも心配ない。

少し歩いて、武蔵小金井《むさしこがねい》駅からＪＲに乗った。土曜日の午後のこと。平凡な中年女を気にする人は、誰もいない。

今回も、うまくいった。本多の助けを借りるまでもなかった。

第四章　アフターサービス

「妙なことになったな」

塚原が硬い声で言った。僕は黙ってうなずく。

一月十五日の日曜日。僕の事務所には、塚原と雪奈が来ていた。同じ依頼で、これほどまでに連絡係の塚原が来ることは稀《まれ》だ。しかも、勤務先の区役所が休みの塚原だけでなく、曜日に関係なく働いている雪奈までも、原稿の手を止めてやってきた。それほど気になる事態ということだ。

雪奈がテーブルの新聞を手に取った。社会面を開く。

「一月十四日の午後、東京都小金井市の住宅で、床田輝子さん（72）が死亡しているのが発見された。遺体には刃物で切られたような傷があることから、警視庁は殺人の疑いで捜査を開始すると共に、同居している夫からも事情を聞いている」

記事を読み上げ、広げたままの新聞をテーブルに戻した。

「この人が、男の子のお母さんをひき殺した人なの？」

「そう」僕は短く答えた。「植木雄太の背景を調べている際に、この名前に行き当たった。報道されている名前、住所、年齢、すべてが合っている。間違いない」

いったん席を立ち、コーヒーメーカーから三つのカップにコーヒーを注いで戻ってくる。

「二人が来るまでに、いろいろと調べてみた。現場は住宅といっても、家の中じゃない。裏庭、勝手口を出たところだったようだ。死因は、首を刃物のようなもので切られたことによる失血死。凶器と見られるナイフが、現場に落ちていた」

塚原が記事に目を落とす。

「『夫からも事情を聞いている』ってあるけど、夫が犯人なのか？」

「そうかもしれない」僕は曖昧に答える。「ただ、一見して夫が怪しければ、記事には『夫が何らかの事情を知っているとみて』と書かれるだろう。夫が犯人だったとしても、まだそこまで容疑が深まっているわけじゃないということだ」

「でも、トミーはそう考えてはいない、と」

「そう」今度は明確に答える。「得られた情報を総合すると、傷は一箇所だけだということだった。犯人は床田輝子を一撃で仕留めたことになる。落ち着いた熟練技。そんな印象を受ける。しかも、凶器のナイフをその場に捨てている。凶器から自分にたどり着くことはないと確信しているからだろう。つまり、そういう凶器を準備していたというわけだ。一撃で終わらせて、足のつかない凶器をその場に放置する。これって、僕がいつもやっていることだ」

雪奈が瞬きした。「犯人は、殺し屋？」

塚原が唇を歪めた。「まさか、お前の仕業《しわざ》じゃないよな」

「まさか」僕は同じ言葉を返した。「殺し屋がここに実在しているんだから、他にいてもおかしくないだろう」

「そりゃ、そうだ。そういえば、前にも殺し屋の仕事っぽい事件があったな」塚原がうなずく。「犯人がプロの殺し屋なら、警察がいくら捜査しても、おそらく捕まらない。でも考えなければならないのは、殺し屋が動いたのなら、依頼人がいるということだ」

「交通事故」雪奈がつぶやくように言った。「まさか、男の子が？」

「それはわからない」僕は正直に答えた。「この前言ったように、植木雄太が床田輝子に殺意を抱くとしたら、理由は怨恨だ。それなら自ら手を下そうとするだろう。殺し屋に依頼したりはしない。それに、依頼人かどうかはともかくとして、少なくとも植木雄太が手を下したわけではなさそうだ」

「どうしてそう思うの？」

もっともな疑問だ。僕は新聞の別の面を開いた。そこには、見開きで問題がぎっしりと掲載されていた。

「事件が起きたのは昨日、一月十四日だ。昨日と今日は、大学入試の共通テストをやっている。植木雄太が通っている学校は進学校だから、たとえ私立専願であっても、受験させられるだろう」

僕は高校時代の同級生を見た。塚原がうなずく。「俺たちも、そうだったな」

「そう。犯行時刻は、国語の試験をやっていたようだ。だから理系の植木雄太は、試験中ではなかったかもしれない。国公立志望でなければ、必ずしも全科目を受験しなくていいからね。でもすぐに英語が始まる。英語を受けない受験生は皆無だろうから、試験会場付近にいたはずだ。床田輝子を殺しに行く余裕はない」

「時間的、地理的に可能だったとしても、試験の直前に人殺し、なんてことはしないだろうな」

塚原が真っ当な見解を示した。雪奈がうなずきながらも、難しい顔をした。

「警察は、床田輝子が交通事故を起こしたことを、すぐに突き止める。当然そこから男の子にたどり着く。男の子が犯人じゃないとしても、事情聴取されるのは間違いないね」

「でも、疑われることはない。ほぼ完全なアリバイがあるからな」塚原も難しい顔で答える。「問題は、受験への影響だ。さすがに今日のテスト前に接触したりしないだろうけど、早ければ今日のテストが終わってすぐに警察がやってきてもおかしくない。植木雄太は、自分の母親を殺した人間が殺されたことを、警察から知らされるわけだ。自分が関与していないのなら、少なからず動揺するだろう。第一志望の試験日まで、二週間程度。いい影響があるとは思えない」

そこまで言ってから、僕を見た。「まあ、受かろうが落ちようが、すぐに富澤に殺されるんだけど」

「そうなんだけど、ちょっとまずいよね」雪奈が難しい顔のまま、さらに眉間《みけん》にしわを寄せた。「交通事故の加害者が殺されて、そこから一カ月足らずで被害者遺児が殺されることになる。警察がふたつの事件を結びつけないわけがない。突っ込んだ捜査が行われたら、依頼人が誰か、わかったりしないかな」

塚原の顔が、一瞬強張《こわば》った。

「確かに、それはまずい」腕組みをする。「床田輝子が殺し屋に殺されたという前提で話をすると、交通事故の加害者側と被害者側の、両方に殺人依頼がかかっているわけだ。しかもほぼ同時期といっていい。それなのに、それぞれまったく関係のない理由で殺されるとは思えない。世の中には偶然というものもあるんだろうけど、そう決めつけるのは、あまりにも危険だ」

「うーん」雪奈が両方のこめかみを指で押さえた。マッサージするように、指を動かす。「そもそも、同じ人間が依頼したのかな。それとも、違う人間がそれぞれ勝手に依頼したのか」

「同じっていう方が気分的にはしっくりくるけど、根拠はない。交通事故の加害者と被害者遺児、そのどちらも死ぬとメリットがある奴なんて、想像できないし。二人が生きていることで生じるデメリットも、これまた想像できない。だから、加害者側の人間と被害者側の人間、それぞれがそれぞれの理由で依頼したと考えた方が、合理的かもしれない——」

そこまで言ったところで、塚原が目を見開いた。

「ちょっと待て。交通事故の加害者と被害者遺児、それぞれに殺人依頼があったわけだから、交通事故が理由なのは間違いないと思う。でも、事故が起きたのは去年の三月だ。依頼があったのは去年の十二月。どうして九カ月も経ってから、依頼するんだ？」

「あ……」

雪奈が口を開けた。塚原が続ける。

「事故があってから、すぐ。あるいは四十九日とか一周忌とかなら、まだわかる。けど一月十四日とか二月十二日とかは、特に事故と関係ない。床田輝子殺害にどんな条件がついていたかは知りようがないけど、だいたい今ごろの実行を期待したんだろう。それぞれが勝手に依頼したとしても、どうして時期が合うんだ？」

「………」

雪奈はすぐに答えなかった。答えを思いつかなかったからだ。塚原も同様に、口を閉ざした。事務所に沈黙が落ちる。仕方がないから、僕が口を開いた。「スイッチ」

「えっ？」

「えっ？」

二人同時にへんてこな声を上げる。僕は旧友と恋人を等分に見た。

「カレンダーとは関係なく、たまたまそのタイミングで、何らかのスイッチが入った。

それを、加害者側も被害者側も認識した。だから動き出した。そんなふうには考えられないかな」

「スイッチ」塚原が繰り返す。「それは何だ？」

「わからない」僕は簡単に答えた。「ただ、想像してることはある。さっき、ユキちゃんが言ったこと。交通事故の加害者と被害者の遺児が、相次いで殺されたら、警察は事件と交通事故を結びつける。突っ込んだ捜査が行われたら、依頼人がわかってしまう危険があるって」

「うん、言ったね」

僕は小さな笑みを作って、コーヒーを飲んだ。

「僕の想像が当たっていたら、その心配はしなくていい」

＊　＊　＊

「なんだか、お顔が冴《さ》えませんね」

コーヒーをひと口飲んで、本多が言った。やや心配そうな顔をこちらに向けてくる。

「何か、気になることでも？」

「実行そのものは、問題なかったよ」わたしは答える。「いつもどおり。警察がわたしのところに来ることはない」

床田輝子を殺害した翌日の、一月十五日。わたしは本多のアトリエにいた。本来なら、仕事が済んだら、スーパーマーケットでささやかなオードブルを買ってきて、ビールで乾杯する習慣になっている。けれど今日はコーヒーだけだ。酒席を用意しようとしていた本多に断りを入れて、あえてコーヒーだけにしてもらったのだ。

「依頼内容は片づけた。本来ならこれで終わり。床田家とはもう関わらない。そのはずなんだけど」

「けど？」

「まだ終わってないと思ってる」

「それは」考えながら、といった口調で本多が言った。「依頼人が目的を達成していないということですか？　また次の依頼が来ると？」

「いや」わたしは首を振った。「依頼人の目的は、もう達成している。もう依頼は来ないはず」

「よくわかりませんね」珍しく、険しい表情をこちらに向けてくる。「確かに、謎の多い依頼でした。床田輝子を殺したい人物は、依頼人になり得ない。でもその人物に、依頼の期限が関係している。不思議です。でも実行に支障がないと判断したんじゃありませんか」

「そうだよ」わたしはコーヒーの液面を見たまま言った。「でも、もうひとつの〆切が残ってるかもしれない」

本多は答えなかった。本気で意味がわからないからだろう。わたしは顔を上げて、相棒の顔を見た。

「本多くん。今回の仕事は手伝ってもらうまでもなかったけど」

コーヒーを飲んで、先を続けた。

「今から手伝ってもらえるかな」

＊　＊　＊

僕はスマートフォンの画面を眺めていた。

画面には、先ほど塚原から来たメールが表示されている。

『今度の合コンは、人数が集まらなかったから、中止ね』

僕も塚原も独身だから、別に合コンに行くのは問題ない。ただ、塚原は本気で僕を誘っていたわけではない。この文章は、依頼人から中止指令が出たことを意味しているのだ。現在僕が引き受けているのは、植木雄太殺害の依頼だけだ。つまり依頼人は、植木雄太を殺すことをやめたということになる。

呼び鈴が鳴った。インターホンで応対すると、果たして塚原だった。鍵を開けて中に入れる。「お疲れ」

「お疲れ」

塚原も応えて中に入った。コートを脱いで、コート掛けに引っかけた。

「もうすぐ雪奈が来るから、少し待ってくれ」

コーヒーメーカーの準備をしていたら、雪奈がやってきた。二人にソファを勧め、テーブルに三人分のコーヒーカップを置いた。

「何か、事情は聞いているか？」

期待せずに、僕は尋ねた。案の定、塚原は首を振る。

「いや。伊勢殿からは、単に『依頼人が依頼を取り消したいと言ってきた』としか聞いていない」

伊勢殿は、依頼人と塚原との間を結ぶ連絡係をしている。依頼人の素性を知っているのは伊勢殿だし、殺害理由も聞いているのかもしれない。けれどそれらの情報がこちらに渡ることは、決してない。殺したい理由が伝わらないのだから、取り消したい理由も伝わらないのは当然だった。

「前金の三百万円は、もらってある」中止された理由については深追いせずに、僕は続けた。「依頼をキャンセルしても、前金は返却されない。依頼人は、納得してるんだな？」

報酬の六百五十万円のうち、三百万円は前金でもらうルールになっている。入金が確認されたらこちらは行動に移り、完遂した後に残りの三百五十万円とオプション料金が送金されるのだ。今回は五十万円のオプション料金が加わっているから、植木雄太を殺害したら、四百万円の残金がもらえることになっていた。

「それは、俺も確認した。伊勢殿がきちんと念押ししている。それでもいいと言っていたそうだ」

依頼人が依頼を取り消すと、僕はほとんど働かないで三百万円を手にすることができる。けれどそれを喜ぶのは、勤労者として正しい行為ではない。きちんと仕事をさせてもらえれば、オプションを含めて七百万円が手に入るはずだったのだ。三百万円をもらえたことを喜ぶのではなく、残金の四百万円をもらい損ねた、と考えるのが、正しいビジネスパーソンだろう。

そんな僕の気持ちを知ってか知らずか、雪奈がため息交じりに言った。

「やっぱり、人殺しの依頼をするような人は、金持ちだね。三百万円なんて、贅沢《ぜいたく》しなければ一年間暮らせるくらいの金額なのに。それをあっさり放棄できるんだから」

「あっさりかどうかは、わからないけどね」苦笑交じりで僕は答える。「依頼人と標的を取り巻く状況は、日々変わる。標的が生きていると明確かつ具体的な不利益が生じるとわかったから、殺害を依頼した。けれどその後に状況が変わって、標的が生きていても不利益は生じないことになったら、わざわざリスクを取って殺す必要はなくなる。殺し屋が失敗して警察に逮捕される可能性だってあるんだ。三百万円を捨てて、身の安全を図る気持ちはわかる。お金持ちならではの判断というのは賛成だけど」

雪奈がうなずく。「確かに」

「もっと言えば、標的に死なれては困るってパターンもあり得るわけだよ」僕は続けた。「今までは、標的に生きていられたら明確かつ具体的な不利益が生じるけれど、状況が逆転して、死なれたら明確かつ具体的な不利益が生じるってケースもあり得る。その場合も、やっぱり依頼を取り消すだろう」

「一般論としては、そうだな」塚原が睨《にら》むように僕を見た。「でも今回のケースは、状況の変化が特殊すぎる。標的の母親を死なせた人物が殺されたんだ。この事実は、依頼取り消しに関係してるのか？」

「ある、と思っている」

僕はシンプルに答えた。塚原は満足せず、唇をへの字にした。

「よくわからない。依頼人は、植木雄太が生きていると困る立場だった。けれど床田輝子が死んだ途端に、殺す必要がなくなった、あるいは死なれたら困るようになった。そんなことはあり得るのか？」

「あり得る」

わかりやすいはずの僕の答えに、塚原はさらに唇を歪めた。への字から、富士山の形になっている。

「気に入らないな。お前は、雪奈ちゃんが心配していた、加害者側と被害者側で相次いで人が死ぬとまずいという指摘を、心配ないと言っていた。ということは、相次いで死ぬことはない、つまり植木雄太への依頼が取り下げられると予想してたんだろう。そもそも、お前は床田輝子が殺されたことに驚いていないようだった。それも予想してたのか？　いったい、何を考えてるんだ？」

「まだ言えない」もったいぶっているわけではないけれど、僕はそう答えた。「床田輝子殺しも、依頼の撤回も、予想していたのは本当だよ。でも、僕の考えが全部正しいかどうか、わからない。ただ、僕の想像が正しければ、ひと働きしなくちゃいけない」

「この前言ってた、アフターサービスか」

「そう」そう言って、僕は連絡係の旧友に笑みを向けた。

「あくまで、前金三百万円分の働きだけどね」

＊　＊　＊

床田厚志は、植え込みの陰で息を潜めていた。

塀があるから、往来からここは見えない。けれどこの場所からは、門の内側が見える。つまり、植木雄太が帰ってきたことがわかる場所だ。家の中からは丸見えだけれど、植木雄太は一人暮らしだ。彼が外出したら、家は無人になる。自分を見つける人間はいない。

はたして、自分にできるのか？

自分自身に何度も問いかけた科白《せりふ》だ。

だ。

やるしかない。

その度《たび》に、そう答えている。できるかできないかの問題ではない。やるかやらないかだ。

自分も、もう七十三歳だ。高齢者と言われる年齢ではあるけれど、まだまだ身体は動く。相手が油断していれば、高校生とだって渡り合える。そう。自分はまだ現役なのだ。

殺した後、どうするのか。

心の声が問いかける。

そんなの、知るか。

その度に、そう答えている。輝子が死んでしまった以上、生きていて何の意味があるというのか。思いが成就してしまえば、後のことなどどうでもいい。ついさっき、自分はまだ現役だと主張していたのに、殺意がそれを無視して答える。

輝子。

亡き妻に呼びかける。

自分は妻を護《まも》ろうとした。心に大きな傷を負った妻の、心と身体を護ろうとした。けれど護れなかった。注意していたのに。よりによって、自宅の敷地内で。わずか数メートルの距離に自分がいたのに。

腕時計を見る。午後三時になった。本日行われた関東工科大学の入試は、もう終わっている時間だ。植木雄太は、帰路についているだろう。シミュレートしたところでは、まもなく家に帰ってくる。

　この場所に隠れていると、植木雄太が道を歩いているところを見ることができない。門が開いて、はじめて帰ってきたことがわかるのだ。つまり、姿が見えた瞬間に動かなければならない。間髪《かんはつ》を入れずに、だ。

　考えている作戦を、あらためて頭の中で再現する。

　まず、門が開く。門は内開きだ。だから本人よりも先に、門扉が見える。植木雄太が完全に敷地内に入って、門を閉めたタイミング。その一瞬を逃さずに体当たりする。いきなりナイフを使うのではなく、まず体当たりだ。自分と植木雄太に、体格差はあまりない。入試で疲れている上に油断している植木雄太は、簡単に転ぶだろう。そのまま馬乗りになって、顔でも首でも胸でもナイフでめった刺しにする。それで植木雄太は死ぬ。よし、自分はできる。

　もうすぐだ。もうすぐそのときはやってくる。緊張感を切らさずにいなければならない。

　かしゃり。

　金属が擦《こす》れる音が聞こえた。門からだ。植木雄太が帰ってきて、門のハンドルを回したのだ。

　ぶるり、と武者震《むしゃぶる》いが全身を襲った。奴が来る。いつでも体当たりできるよう、クラウチングスタートのように身構える。

門が開いた。

植木雄太が入ってくる！

全身に力を入れてダッシュしようとした、そのとき。

足に爆発したような痛みが走った。

「ぐっ！」

なんとか悲鳴を呑み込んだ。けれどあまりの痛みに足が動かない。そのまま庭に倒れ込む。

痛いのは、右足のアキレス腱のあたりだ。この歳になると、身体のあちこちが常にどこかしら痛い。しかしそんな牧歌的な痛みとは、次元が違う痛みだった。動けない。足に目を向ける。血は出ていない。では、どうしてこんなに痛いんだ？

そうしているうちに、植木雄太が入ってきた。門を内側から閉める。植栽《しょくさい》の陰にいる自分には、まったく気づいていないようだ。そのまま玄関まで数歩歩いて、家の中に入ってしまった。内側から鍵をかける音が、ここまで届いた。

——ああ。

植木雄太は行ってしまった。この場では、もう殺せない。

身体の芯から気力が失われていくのを感じた。完全に消え去る前に、その端っこをなんとかつかんだ。

まだだ。今日のチャンスを逃しただけだ。まだいくらでも機会はある。

そう自分に言い聞かせて、わずかに残った気力を奮い立たせようとした。両手を地面について、顔を上げた。その顔に、影が差す。何者かが自分を見下ろしていた。

ひゅっ、と喉が鳴った。激しく息を吸い込んだからだ。上体を素早く起こしたら、今度は尻餅をついてしまった。

目の前には、男性がかがみ込んでいた。黒いスーツを着ている。スーツだけではない。ワイシャツも、ネクタイも黒い。それどころか、靴下も革靴も黒かった。少し長めの黒髪に、これまた黒縁の大きな眼鏡をかけていた。

「どうされましたか？」

大きくもなく小さくもない声で、男性が話しかけてきた。それはつまり、家にいる植木雄太にも往来の通行人にも聞こえず、それでいて床田厚志にはきちんと届く音量ということだ。

答えられない。脳が現在の状況を把握できていないのだ。

「足を押さえて、ずいぶんと痛そうにされていましたが、大丈夫ですか？」

男性は心底心配そうに、そう続けた。男性の顔をまじまじと見る。三十歳くらいだろうか。それよりずっと若いようにも見えるし、それよりずっと年上にも見える。幅広い範囲のちょうど真ん中が、三十歳。そのような表現しかできない佇《たたず》まいだった。顔の輪郭は細く、目は大きい。穏やかな表情をしていた。

「い、いいえ……」

小さな声で答える。いや、答えになっていない。でも、こう言うしかない。

それなのに男性は、わかったというふうにうなずいた。また口を開く。

「ここで、何をされていたのですか？」

みぞおちに砲丸がぶつかってきたような感覚を味わった。息が止まり、返事ができない。男性が、大きな目をさらに大きくした。

「そうか。私が何者なのかわからないと、答えようがありませんね。私は、植木雄太さんを護る者の一人です」

止まっていた呼吸中枢が、活動を再開した。またしても、激しく息を吸い込んだのだ。軽く咳《せ》き込む。

護る者だって？

「彼は、交通事故で両親を失いました」

男性は、静かに言った。けれどその静かな声は、床田厚志の頭を殴りつけるような威力を持っていた。

両親？　妻が死なせてしまったのは、植木雄太の母親である、植木佐緒里一人だ。父親なんて知らない。ということは、妻の件とは別の交通事故で、父親も死亡したということなのか。

「子供には、残酷すぎる境遇です。私たちは、彼を護らなければなりません」男性は床田厚志の目を覗《のぞ》きこんだ。「奥さんも、そうだったでしょう？」

男性の言葉は、今度はナイフとなって床田厚志の胸をえぐった。こいつは、自分たちのことを知っている。なぜ？

疑問に思う一方、男性が言っていることが的を射ていることも理解していた。そう。妻は、遺児のことを常に心配していた。何とか大学受験に成功してほしい。その願いを受けて、自分も動いたのだ。

男性は続ける。「奥さんもまた、植木雄太さんを護る者の一人でした。そうですよね？」

「で、でも」ようやく意味のある言葉を発することができた。「でも、植木雄太は妻を殺した……」

男性は大きな目で瞬きした。

「植木雄太さんが、奥さんを殺したというのですか？　どうして？」

「だって」一度話すことができれば、後の言葉はスムーズに出てくる。「妻に恨みを持つ人間は、あいつしかいない」

男性はため息をつく。

「事件のあった時間帯に、彼は共通テストを受けていましたよ。奥さんを殺すことはできません。それに、あなたがおっしゃるような動機があるのなら、警察が目を付けないわけがありません。奥さんが亡くなられてから今日まで、証拠固めをする時間は十分にありました。現時点で警察が植木雄太さんを逮捕していない以上、彼は犯人ではあり得ないのです」

「で、でも――」反論しかけて止めた。自分は植木雄太殺しに失敗した。いや、失敗してもいない。未遂ですらないのだ。他人の敷地に入り込んでいるから、不法侵入という罪は犯しているけれど、殺人に比べたら小さなことだ。そう思い至ったら、保身の感情が湧いてきた。そのことが、反論の続きを止めた。こちらの手の内を明かすわけにはいかない。

けれど男性は、こちらの頭の中などお見通しというふうに、床田厚志の目を覗きこんだ。

「奥さんはお気の毒でした」

男性は優しい声で語りかけてきた。「なぜ奥さんが殺されてしまったのかは、警察の捜査を待たなければなりません。ひょっとしたら、強盗の仕業かもしれませんね。老人宅を狙った強盗が、住人が勝手口から出てきたところを襲って、勝手口から中に入って金品を奪う。そんなつもりだったのかもしれません。けれど切りつけた場所が悪かった。奥さんは大量出血して亡くなってしまった。大量の血を見た強盗は怖くなって、その場から逃げた。そんな事件なのかもしれません」

「…………」

「そちらの方が、よほどありそうです。共通テストの受験生が、生き霊を飛ばして人を殺すなんていうファンタジーよりは、ずっと。そうじゃありませんか?」

「……そうですね」

そう答えるしかない。

しかし。本当にそうなのだろうか。

警察は捜査の進捗など教えてくれない。捜査でわかったことを教えてもくれない。むしろこちらを疑いの目で見た。妻が交通事故を起こしてからの夫婦仲はどうだったのかなどと、失礼極まりない質問をぶつけてきたのだ。

交通事故のときもそうだった。警察は信用できない。というか、むしろ自分たちの敵だ。そんな連中に比べれば、目の前の男性の言葉には、はるかに説得力があった。老人宅を襲った強盗。言われてみれば、昨今の世情を考えると、十分にあり得る話だ。

妻は、植木雄太に殺されたわけではないのか。あるいは、植木雄太に指示された者に。

心の中で、何かが崩れた。

植木雄太への憎しみ。殺意。そういったどす黒い感情が、まるで砂の城のように崩れていくのを感じた。

「どうですか？　足はまだ痛いですか？　立てますか？」

言われて、足が痛かったことを思い出した。アキレス腱に意識を向けると、まだ痛い。けれどだいぶん引いてきた。立てない状態ではない。床田厚志はゆっくりと立ち上がった。足に体重をかけるとまだ痛むけれど、歩けるレベルだ。

男性の顔から、穏やかさが消えた。

「あなたは、植木雄太さんを殺そうとした」

厳しい声。「でも、いざ襲いかかろうとしたとき、あなたは転んでしまった。単に歳を取って足腰が弱くなったから転んだ——そんなわけはありませんよね」

当然だ。

「私は、植木雄太さんを護る者の一人と申し上げました。他にもまだまだいます。その場にいないのに、あなたを転ばせられる人間とか。そんな連中を相手にして、まだ植木雄太さんを殺そうとしますか？」

あの激痛を思い出す。はじめての経験だったし、どうしてあんなことになったのか、まったくわからない。でも、そんな超常現象みたいなことができる奴がいるのか。いや、いかにも自分は無関係のような顔をしているけれど、目の前の男性がやったのかもしれない。今は紳士的な態度を取っているけれど、次は手加減しない——男性はそう警告しているのか。

「——いえ」顔を上げて男性を見た。「もう、ここには来ないでしょう」

床田厚志の言葉を聞いて、男性がまた穏やかさを取り戻した。

「それがいいと思います。では、帰りましょうか」

「はい」

男性は門を開けた。二人で道に出る。

「駅までお送りしましょう」

並んで駅までの道を歩いた。

この男性は、いったい何者なのだろうか。スーツを着ているけれど、会社員には見えない。犯罪組織にいるような、荒んだ感じもしない。新興宗教の勧誘員のような、いびつな愛想の良さもない。今まで出会ったことのないタイプの人間だった。ただひとつわかっているのは、この男のおかげで、心が折れたことだ。

今からずっと、自分は妻を護れなかった後悔を胸に生きていくのだろうか。

いや、そうではないと男性は言っているのだ。自分が妻を護ろうとしたのは、危険を察知したからだ。けれどそれは、枯れ尾花を幽霊と見てしまっただけだと。

そうかもしれない。妻を殺した犯人を許すことはできない。けれど植木雄太でなければ、自分は妻を殺そうとした人間など見当もつかない。それどころか、男性の仮説が正しければ、知り合いですらないのだ。そんな相手に復讐などしようがない。

駅に到着した。改札の手前で、男性が立ち止まる。「では、私はここで」

男性に一礼する。挨拶くらいはするべきなのかもしれないけれど、何を言っていいのか、思いつかない。男性も期待していないようで、ただ微笑《ほほえ》みかけてきた。

改札をくぐる。あらためて男性に一礼して、前を向いた。

同時に、植木雄太の存在が、自分とは別の次元に移ってしまった気がした。

もう、手で触れられない次元へと。

＊＊＊

「誰？　その人」

目をぱちくりさせながら、雪奈が訊いてきた。僕は首を振る。「知らない」

「危ない奴じゃなかったのか？」塚原が疑《うたぐ》り深そうに言った。「そいつが植木雄太を殺そうとしてたんじゃないのか」

「それは、わからない」僕はまた首を振った。「こっちも隠れてたから、二人の会話を全部聞けたわけじゃない。でも『植木雄太さんを護る者』という言葉は聞こえた。もちろん真《ま》に受けるのは危険だけれど、その場で植木雄太を襲うことはないと思った。事実、その人と話をしたら、床田厚志は特に何をすることもなく、その人と一緒に出て、電車に乗って帰ったよ。なんだか、憑《つ》き物が落ちたような感じだった。その人に説得されたんだろうな。あの調子なら、もう植木雄太を襲うことはなさそうだ」

関東工科大学入試日の翌日。僕の事務所には再び塚原と雪奈が集まっていた。今日は金曜日だから、塚原も翌日の仕事を気にすることなく、連絡係の業務に集中できる。無事に〆切を守れた雪奈も、今夜は何時まででもつき合うつもりのようだ。

「お前がそう見たのなら、そうなんだろうな」塚原は納得半分、という表情で言った。

「お前の計画はずいぶんと狂ったみたいだけど」

「まあね」

僕はビールを飲んだ。今日で、今回の依頼には完全にけりがついた。だから慰労会の意味を込めて、ビールとビーフジャーキーを出したのだ。

「床田輝子が殺されてから、僕は床田厚志が植木雄太を狙うんじゃないかと考えた。理由はもちろん、妻である床田輝子の復讐だ。床田輝子に恨みを抱いているのは、植木雄太くらいだから。警察は植木雄太にアリバイがあることはすぐにわかるけれど、床田厚志にその情報は伝わらない。あの年齢ならば、私立大学専願の人間が共通テスト——あの世代なら共通一次か——を受験するとも思わない。床田厚志が植木雄太を犯人と思い込むのは、自然なことだ」

ビールで喉を湿らせ、僕は話を続けた。

「けれど試験本番までは、葛西実花が一緒にいるから、なかなかチャンスはない。だから試験当日が最も怪しいと睨んでた。その頃だと、葛西実花も自分の大学受験があるから、いつも一緒ってわけにはいかない。しかも試験が終わったところなら、気も抜けている。そのタイミングを狙うんじゃないかと思って監視していたら、案の定、床田厚志が現れた。こっそり門を開けて、庭に隠れたんだ。僕がすぐ近くで監視していることには、気づいていないようだったけど」

「そりゃそうだ。お前が気づかれるわけがない」塚原がビールを飲む。「それで、スリングショットを使ったのか」

「そう」

スリングショット。古い言い方をすればパチンコだ。どのくらいの距離で、どの程度の力で、何を弾丸として飛ばすかで、相手に与えるダメージを調整できる、便利な武器だ。しかも小さくて持ち運びしやすいし、音もあまり立たない。

「襲いかかる直前にスリングショットを使えば、大怪我をさせることなく床田厚志を止めることができる。アキレス腱を撃って床田厚志を行動不能にすることはできた。後は植木雄太の顧問弁護士みたいな顔をして姿を現し、床田厚志を説得するつもりだったんだ。でも、いきなり知らない人が現れたから、慌てて姿を隠した。その人も物陰に隠れてたんだろうけど、まったく気づかなかったよ。幸い、その人も僕に気づかなかったみたいで、床田厚志と話し始めた」

「その人は、トミーがやろうとしたことを、代わりにやってくれたってことか」

「そのようだ。途切れ途切れではあったけど、大体の内容は聞き取れた」

僕は男性と床田厚志のやりとりを二人に向けて再現してみせた。

「見事な説得だったよ。僕には、あんなにうまく誘導できない」

「うーん」雪奈が唸《うな》って、ビーフジャーキーを口に運んだ。

「結局、今回の依頼って、何だったんだろうね。最後の最後で新キャラが出てきたおかげで、ますますわからなくなっちゃった」

終わり間際に新キャラを出すなんて、マンガじゃ絶対やっちゃいけないことだよ——

雪奈はそう続けた。僕は苦笑する。

「神様が物語のセオリーを無視したかどうかはともかくとして、今回の依頼については、僕は間違えっぱなしだった。反省してるよ。こんなことじゃ、いつかは捕まる」

塚原が訝《いぶか》しげな顔をした。「間違えって、何だよ」

「そうだね」僕は宙を睨んで、説明の順番を頭の中でまとめた。

「おさらいからいこうか。はじめに、僕のところに高校生殺害の依頼が来た。依頼内容に間違いはなかったから、引き受けた。依頼どおり二月十二日を過ぎてから、普通に殺せばよかった」

「そうだな」

「でも、標的を監視していると、妙なことに気づいた。標的の近くには、いつも女の子がいるんだ。しかも女の子は、標的の身の安全を心配していた。ひょっとしたら、女の子は依頼を知ってるんじゃないだろうか――そんなふうに疑ってしまった。まず、ここで間違えた」

「間違えたって」雪奈が眉間にしわを寄せた。「違うの？」

「前にも話したことだ。もし葛西実花が依頼内容を正確に知っているのなら、二月十二日までは植木雄太は安全だ。それなのにすでに護りの態勢になっていることに違和感があった。それに依頼を知っているのなら、警察なり学校なりを巻き込んで、大事《おおごと》にした方がいいんだ。その方が、植木雄太を護れる。でも、葛西実花はそうしていない。だからこの間違いは、比較的早く気づけた」

「高校生らしい、若さの発露ってわけじゃないって言いたいんだね。『わたしが恋人を護ってみせる』っていう」

「そう」僕は後頭部を掻《か》いた。「葛西実花が依頼を知っていることはないだろうと思い直したけど、護ろうとしていることに間違いはないと思った。植木雄太と一緒に登下校している。学校内は安全だろう。家に帰ってからも、施錠してるし、自分が一緒にいる時間も長い。そうしてみると、確かに葛西実花は植木雄太を護ろうとしているようだ。でもそれが、第二の間違いだ。間違った原因は、僕が植木雄太殺しを依頼された殺し屋だということだった。加えて塚原とユキちゃんが、その知り合いだから。僕たちには、そう見えただけなんだ」

雪奈が唾《つば》を飲み込んだ。「――違うの？」

「いったん、依頼のことを忘れてくれ」僕はそう言った。「植木雄太が狙われていることを忘れて状況を見ると、違った景色が見えてくる。葛西実花は、朝から夜までずっと植木雄太と一緒にいる。これって、植木雄太は葛西実花に束縛されているといっていいんじゃないのか？　もっといえば、拘束されていると」

「…………」雪奈が目をまん丸にした。「拘束？」

「そう」僕はうなずく。「高校生のことだ。好きな男の子が浮気しないように、できるだけ自分の目の届くところに置いておく。そんな気持ちはあり得ると思う。しかも彼氏は、母親を亡くしたばかりで、心に傷を負っている。自分が一緒にいてあげなければ。使命感と独占欲がごちゃ混ぜになって彼氏を束縛しようとしたというのは、理解できる。行き過ぎた束縛が、拘束につながっても、本人は気づかない。でも、本当にそうなのか」

「違うのか？」

今度は塚原が訊いてきた。僕は曖昧にうなずく。

「ここまでの情報だったら、わからなかった。でも僕たちは、床田輝子が殺されたことを知った。植木雄太の母親を死なせた人物が。しかも現場の状況から、プロの殺し屋の仕業らしい」

「殺し屋には、依頼人が必要……」

つぶやくような雪奈のコメントに、今度ははっきりとうなずいた。

「僕たちは床田輝子のことを、詳しく知らない。他にも、生きていると明確かつ具体的な不利益を誰かに与えていたのかもしれない。でも、交通遺児にも殺害依頼があった以上、どうしても結びつけてしまう。そして床田輝子に恨みを抱いているのが、その交通遺児だ。それは間違いないけど、僕は植木雄太が依頼人であるとは思えなかった。前にも説明したように、怨恨が理由なら、殺し屋に頼まずに自分で殺しに行くと思ったから。ここでも僕は間違いを犯した」

塚原が眉間にしわを寄せた。

「復讐したい植木雄太が依頼人になり得ないというのは、スズメバチ理論に基づいている。スズメバチ理論が間違っていたってのか？」

「間違っていない」僕は明確に首を振る。「植木雄太が依頼人になり得ないという考えは正しいし、おそらく実際に依頼人じゃない。問題は、床田輝子殺しの依頼人ではないという結論から、イコール床田輝子への復讐を考えていないと短絡的《たんらくてき》に考えてしまったことなんだ」

雪奈が口を半開きにした。「……えっ？」

僕はうなずく。

「別の殺し屋の存在が、僕の目を曇らせていた。依頼人じゃないと判断した時点で、床田輝子殺しにおいて、僕の頭から植木雄太が消えた。床田輝子を殺したがっていることと、床田輝子殺しを殺し屋に依頼することとは、まったく別の話なのに」

「――なるほど」ようやく話についてこられたという体《てい》で、塚原が言った。「植木雄太は、交通事故で父親を亡くしている。母親と二人きりになったから、母親を何より大切にしようと思っていたのに、母親も交通事故で亡くしてしまった。加害者を憎むのは当然だ」

雪奈が後を引き取った。

「でも父親を死なせたトラック運転手は、同じ事故で死亡している。これ以上恨みようがない。でも母親は？　加害者は生きていて、しかも隣の市に住んでいる。憎しみが床田輝子に集中するのは、自然なこと」

言いたいことを、二人が言ってくれた。

「そういうことなんだ。植木雄太は、床田輝子殺しを殺し屋に依頼したりしなかった。でも直接殺したいほど、床田輝子を憎んでいた。そのことに気づいたら、この科白が意味を持ってくる」

僕はソファから立ち上がり、事務机からＩＣレコーダーを持って戻ってきた。目的の日の音声を再生する。

『この前みたいに、一人でふらふら出歩かないでね』

続いて、別の日の録音を再生する。

『そのためにも、余計なことを考えちゃダメだよ。入試が終わるまでは、勉強に集中するの』

「これに対して、植木雄太はこう答えている」

また再生ボタンを押した。

『わかってるよ。目標を捨てたわけじゃないんだ』

停止ボタンを押す。

「植木雄太は、両親を交通事故で亡くした経験から、絶対に交通事故を起こさない自動車を作りたいという目標を持った。それを捨てたわけじゃないというのは、何を意味するんだろう」

僕は旧友と恋人を見た。

「僕は復讐を目的とした依頼をあまり受けていないと思ってるけど、復讐を志す人間は、ふたつのパターンに分けられると考えている。ひとつは、復讐さえ遂げてしまえば、自分はどうなってもいいと考える人たち。もうひとつは、復讐は絶対の正義なのだから、どうして復讐して逮捕されなきゃいけないのかと考える人たちだ。目標を捨てていないと明言した以上、植木雄太は後者だ。彼は母親の復讐をしたいけれど、だからといって自分の未来が閉ざされることは望んでいない。そんな心情が見て取れる」

塚原が大きな目をさらに大きくした。

「植木雄太は、大学合格までは大人しく勉強していて、合格したら床田輝子を殺すつもりだったって?」

僕はうなずく。

「その可能性に思い至った。でも、若さが完全に行動を抑制できなかった。受験勉強の息抜き、あるいは気分転換を兼ねて、小金井市まで床田輝子の自宅を下見しに行った」

「それが、ふらふら出歩いたってこと?」雪奈が確認するように言い、自分でその先の展開を思いついた。「気づいた女の子が後をつけて、男の子が母親の仇《かたき》を狙っていることに気がついた……」

「だから、拘束したのか」塚原も自分に対してするように、うなずいてみせた。「登下校を共にして、さらに帰ってからは家に鍵をかけるように厳命した。それは外部からの侵入を防ぐんじゃなくて、植木雄太本人を家から出さないようにするためか」

そこまで話して塚原が缶ビールを取った。逆に缶ビールをテーブルに戻した雪奈が、代わって口を開く。

「しかも、女の子はその日から家に行って、一緒に勉強するという名目で監視した。そうすることで、男の子が床田輝子を殺しに行くことを妨害した」

「そう考えれば、筋は通る」僕はうなずきながら首を振った。「でもそんなことは、いつまでも続かない。二人は別々の大学に行くわけだし。だから、その後の対策も考えた」

唸り声が聞こえた。雪奈が発したものだ。二回瞬きして、僕を見た。

「まさか、女の子が床田輝子殺しを依頼したっていうの？」

「依頼内容はわからない」僕もビールをひと口飲んで、缶ビールをテーブルに戻した。「引き受けた殺し屋が、どのようなメニューを出しているかもわからない。仮に僕の方式に当てはめてみたら、期間限定のオプションを付けた可能性がある。植木雄太の第一志望校である関東工科大学は、二月十二日に合格発表がある。結果によるけど、以降は植木雄太は自由の身になり得る。合格していれば、意気揚々と床田輝子を殺しに行ける。でもそれまでに床田輝子が死んでくれれば、植木雄太は人殺しの罪を犯さずに済むんだ。それが葛西実花の狙いだった。恋人の将来と、その恋人の母親を死なせた人間。どちらが大切かは、考えるまでもない」

「事件が起きたのは、一月十四日だった」塚原も首肯《しゅこう》する。「その殺し屋が、依頼人の素性を知っているかどうかわからない。でも依頼人が葛西実花だとわかっていれば、依頼人に疑いがかからないよう、鉄壁のアリバイがある日時を選んで実行したのかもしれない。理系の植木雄太と違って、文系の葛西実花は、国語受験が必須だ」

「で、でも」雪奈が戸惑ったように言う。「高校生だよ？　父親が弁護士だからといって、殺し屋を雇えるほどのお金を持っているはずが――ああ、そうか」話しているうちに答えに行き着いたのか、自分でうなずく。「男の子の賠償金か」

「現実味はあると思う」僕は答えた。「父親が弁護士として事故処理に当たったのなら、自宅に持ち帰った書類を盗み見すれば、賠償金がいくらで、どの口座に振り込まれたかわかる。植木雄太の家に出入りしているわけだから、家主が眠りこけている隙に通帳とかを漁れば、支払いに使える可能性がある。他人の金だけど、今回の場合は、資金の所有者の将来を護るためだ。それほどためらいはなかったかもしれない」

僕はビールを飲み干した。

「床田輝子は死んで、植木雄太は復讐することができなくなった。短期的にはともかく、長期的に見れば、明らかに植木雄太の将来にプラスになる。葛西実花は目的を達成したわけだ」

空き缶をテーブルに置いた。

「殺し屋は、いい仕事をしたと思うよ」

＊＊＊

「ご苦労様」

そう言って、わたしは本多と缶ビールを触れ合わせた。

「うまくいくか、自信がありませんでしたけど」

本多がビールをひと口飲んだ。「なんとか説得できてよかったです」

本多に依頼したのは、植木雄太を殺害しようとする床田厚志の説得だった。手持ちの情報からストーリーを組み上げて、彼に託したのだ。

「完璧だったよ。ありがとう」わたしもビールを飲む。「本多くんだから、うまくいった。わたしなら、ああはいかない」

「そうですかね」

「そうだよ。本多くんは芸術家だからね。スーツを着ていても、普通のビジネスマンには見えない。でもヤバい奴にも見えない。相手にちょうどいい非現実感を持ってもらえたのは、変な言い方だけど、本多くんがきちんとした芸術家だったからだよ」

「ほめられたと思っておきます」

そう言って本多は、フライドポテトを口に放り込んだ。

今日は、床田輝子の件が完全に決着したことで、打ち上げ——やったことは殺人なのだから、その響きは若干の不謹慎感があるが——を開催している。駅前のスーパーマーケットでオードブルセットを買ってきて、ビールを開けるのだ。

「鴻池さんの読みどおり」フライドポテトを飲み込んで、本多が口を開いた。「床田厚志は植木雄太を殺そうとしました。ひどいもの言いですが、もし植木雄太が依頼人だったとしたら、床田厚志が植木雄太を殺したら、植木雄太の口から鴻池さんへの依頼が語られることはありません。放置した方が、危機管理上よかったんじゃないですか？」

もっともな疑問だ。けれどわたしは片手をぱたぱたと振る。

「それは違うよ」いかリングフライを口に入れて、よく嚙んで飲み込む。「だって、植木雄太は依頼人じゃないから」

本多は瞬きした。「そうですか？」

「前にも言ったよ」わたしは答える。「もし植木雄太が母親の復讐を考えていたのなら、殺し屋に頼まずに自分で殺しに行くって」

「じゃあ、依頼人は誰なんですか？」

「女の子」わたしは簡単に答えた。「植木雄太の彼女だと思う」

「…………」

本多が口をあんぐりと開けた。あまり見ない表情。この顔を見られただけで、今回の仕事を引き受けた甲斐《かい》があった。

本多が表情を戻す。気を取り直すためか、ビールを飲んだ。

「彼女さんがですか？　彼氏の母親の仇を取ったと？」

「うーん」わたしは腕組みしてみせた。「それほど綺麗な話じゃないかもね。前にも話した、依頼する理由の傾向。怨恨でなく実利がほとんどだった。少なくとも、植木雄太には実利がない。では、交通事故がらみだと、床田輝子が死んで誰が利益を得るのか。あるいは不利益を回避できるのか」

本多もまた、腕組みした。

「いないように思えますね」

「そう見えるよね」わたしは本多の目を覗きこんだ。「でも、ここにひとつの条件を足したらどうなるかな。植木雄太が、床田輝子に復讐しようとしているという条件」

「…………」本多がビールでなく生唾を飲み込んだ。「植木雄太は、鴻池さんに依頼するんじゃなく、自分で床田輝子を殺そうとした……？」

わたしはビールの方を飲んだ。

「今まで、依頼の面からしか考えなかったけど、捨てちゃいけない可能性だった。そのことに思い至ったときに、本多くんの科白を思い出した」

「僕のですか？」

「そう。本多くんは植木雄太について『合格が決まったら自由の身ですから』と言った。確かにそうだよね。今までずっと受験勉強をしていて、試験が終わっても結果が出るまでは落ち着かない。落ちてたら、他の大学を受験する必要が出てくるかもしれない。でも合格していたら、もう勉強する必要はない。『終わったーっ。さあ、遊ぶぞーっ』ってなるよね。これが植木雄太の場合『終わったーっ。さあ、殺すぞーっ』ってなっても不思議はない」

「もしそうだったら、どうなるか」納得がいったという口調で本多が続ける。「受験が終わった植木雄太は、自分自身の手で母親の仇を取ろうとする。成功するか失敗するかはわかりませんが、少なくとも警察に逮捕されるのは確実でしょう」

「そうなったら、誰が困る？」

「彼女さんですね。説得しようとしたのかもしれませんが、彼氏から『そんな気はないよ』と返されたら、それ以上どうしようもない。だったらどうすれば、彼氏が逮捕されないようにできるか。合格発表日までに、復讐の相手がいなくなってしまえばいい。それが依頼の理由ですか」

「少なくとも、植木雄太自身が依頼したというよりは、腑に落ちやすい」

「資金源は、賠償金ですか」

「そうかもね。もちろん植木雄太の許可を取ったわけじゃないでしょう。女の子は、恋人の将来を本人の金で買った。安くはないけど、逮捕されて人生が台無しになるより、ずっといい」

「なるほど」腕組みを解く。「それで鴻池さんは、共通テストの日に実行したんですね。依頼人である女の子も、復讐したがっている植木雄太も試験中。これ以上のアリバイはない。警察が疑うことは、絶対にない」

「そう。警察が事情聴取で責め立てたら、依頼を白状するかもしれないからね。それは避けたかった」

「さすがです」誉めながらも、本多は難しい顔をした。「でも、ひとつ疑問があります。植木雄太が母親の仇を取ろうとした。それはそれでいいんですが、事故が起きたのは三月でしょう。でも実際に依頼が来たのは十二月です。どうして事故から九カ月もかかったんでしょうか」

「それは想像するしかないけど」わたしは枝豆をつまんで、三粒同時に口に入れた。「単純に考えていいと思う。女の子は、十二月になって、はじめて植木雄太の殺意に気がついた」

「はじめて、ですか」よくわからない、というふうに本多が眉間にしわを寄せる。「何がきっかけだったんでしょうね」

「これまた想像。たまたま彼氏のノートを開いたら、殺害計画が書いてあったとか、犯行の下見に床田輝子の自宅を覗いていたのを、隠れて見ていたとか」

「ふむ」その光景を想像したのか、納得の声を出す。「どっちもありそうですね」

「うん。でも、植木雄太が床田輝子の家を下見に行ったという方が、合っているような気はしている」

わたしはビールを飲み干した。空になったビール缶をテーブルに置く。

「理由は、床田厚志の行動。奥さんを殺されて悔しいのはわかる。犯人に復讐したいのも。そして、奥さんに恨みを持ちそうなのが交通遺児くらいしかいないというのも。でも、だからといって、犯人と決めつけて殺しに行くかな」

本多が席を立って冷蔵庫に向かう。新しいビールを二本取り出して戻ってきた。片方をわたしに手渡してくれる。礼を言って受け取った。

「具体的な心当たりがあったんですね」

「そう考えれば、話がつながる」わたしは新しい缶ビールを開栓した。「植木雄太が下見に来たとき、床田厚志も植木雄太の存在に気づいてしまった。当然、変に思うよね。高校の先生相手に『直接お目にかかっての謝罪は、受け入れていただけませんでした』と言っていたくらいだから、植木雄太は床田夫妻との面会を拒否している。会いたくないはずなのに、なぜ来たのか。しかも、呼び鈴も押さずに帰っていった。目的を想像したら、復讐にたどり着くのは簡単」

「でも、警察に相談できなかった」本多も缶ビールを開ける。「依頼を受けたとき、床田厚志は警察に相談していないんじゃないかと話しましたが、まさしくそのとおりだったわけだ」

「そう。だからといって、奥さんにも言えない。仮に話したとしたら、床田輝子は、自分が死なせた相手の子供が、自分を殺そうとしていると知ることになる。そのとき奥さんが何を言いだすか、想像できないから。旦那さんの立場では、決して話せなかった。

一人で悶々としていたと思うよ。できる対策としては、勝手のわかっている近所で、常に周囲を警戒しながら暮らすことくらいしかなかった。もっと抜本的な解決法は、ないわけじゃないけど」

本多が薄く笑った。「鴻池さんに依頼することですか」

「わたしじゃなくてもいいけどね。ただ、可能性としてはあまり高くないかな」

「どうしてです？」

わたしは冷蔵庫から出したばかりで冷たいビールを飲んだ。喋りすぎた喉に、冷たさが心地いい。

「だって、床田厚志の立場からすれば、一刻も早く取り除きたい危険因子だよ。特急料金を払ってでも、すぐに殺してほしいはず。もしプロの殺し屋に依頼していたら、植木雄太はとっくの昔に冷たくなっているはず。でも彼はぴんぴんしてる」

「それもそうか」本多が自らの顎《あご》をつまんだ。けれどすぐに外す。「いや、ちょっと待ってください。奥さんがいます。床田輝子は、二月十二日という日付を気にしていました。植木雄太の大学受験の合格発表日です。申し訳ない気持ちが強くて、事故処理が終わった後も遺児の受験勉強の手助けをしたいと言っているくらいです。床田厚志は、口から出任《でまか》せでもいいから、植木雄太が第一志望の大学に合格したと奥さんに聞かせる必要があった。そうでないと、奥さんが精神的な安定を取り戻せないから。それなら、植木雄太には一刻も早く死んでもらいたい反面、二月十二日までは生きていてもらわないと困ることになります。だとしたら床田厚志は殺し屋に依頼するときに、特急料金どころか、二月十二日までは殺さないでくれという条件を付ける必要があります」

本多の話を、わたしは感心しながら聞いていた。確かに、実行前にそんな話をしていた。本多はそれを掘り起こして、殺害依頼に結びつけたのだ。

「そう聞くと、本当に殺し屋に依頼してたのかもしれないね。妄想の域を出ないけど。もし本当にそうなら、床田厚志は困っただろうけど」

本多が力なく微笑んだ。

「植木雄太には早く死んでほしいのに、生きていてもらわなければならない。しかも奥さんの希望で、受験勉強の支援も必要。合格したところで、すぐに死ぬのに。床田厚志は、自分が何をやっているか、わからなくなっていたかもしれませんね」

「そりゃ、奥さんに死なれて思い詰めた挙げ句、実力行使に走ろうとするわけだ」

わたしは缶ビールを本多に向かって突き出した。軽く缶を触れ合わせる。

「それを止めてくれたのは、本多くんの手柄。感謝してるよ」

＊　＊　＊

「スイッチ」

雪奈が思いだしたように言った。「トミーは、事故から九カ月経った後に依頼があったことについて、スイッチが入ったと表現した。スイッチって、男の子が床田輝子の家まで行ったことだったんだね」

「それにより、葛西実花は、植木雄太の殺意に気づいた」

塚原が続ける。「同じく、床田厚志も気づいたのか。植木雄太が自宅近くに現れたのを、見てしまった。直接会わないにしても、いや、会わないからこそ、被害者側の人間が加害者のところに来るのは不気味だ。加害者に復讐するためと考えても不思議はない。だとすると、植木雄太殺害の依頼人は、床田厚志か」

塚原は僕を見た。

「まさしくスズメバチ理論だ。放っておけば、植木雄太は妻を殺してしまう。でも、犯罪の素人である自分は、植木雄太を排除できない。だから専門の業者に頼んだ。そういうことか」

「それでか」雪奈も納得がいったという顔で言った。「交通事故の加害者と被害者の遺児が相次いで殺されたら、警察はどうしても交通事故に注目する。その流れで殺害依頼が浮かび上がったら、困る。それなのにトミーってば、全然心配していないようだった。あれって、床田厚志が依頼を取り消すと読んでいたからだよね」

「そう」二人が自分と同じルートを辿っていることに安心して、僕はうなずいた。

「床田厚志には、明確かつ具体的な不利益があった。このままなら奥さんが殺されるという不利益だ。だから殺し屋に依頼したんだけど、奥さんは殺されてしまった。その時点で、植木雄太殺しの理由は、危機回避から復讐に変わってしまった。復讐は業者に頼むわけにはいかない。自分自身でやらないと意味がない。だから依頼は撤回する。想像どおりに動いてくれて、よかった。おかげで僕は、ほとんど働かないで三百万円を手に入れることができた」

「でも、アフターサービスが必要になった」

塚原がため息交じりに言った。「床田厚志が植木雄太殺しに成功しても失敗しても、警察に逮捕されるのは確実だ。そうなったら、一度は殺し屋に依頼したことを白状するだろう。それは絶対に止めないといけないな。だからスリングショットで床田厚志を撃ったのか」

「そう考えると」雪奈が険しい顔で僕を見た。「床田厚志を説得した変な人は、細かい事情まで把握している人だよね。ってことは、その人が床田輝子を殺したのかな。床田厚志が逮捕されたら困るところも同じだし」

「そうかもしれない」僕はそう答えた。「あるいは、犯人グループの一人か。どちらにせよ、床田輝子殺しに関わっている人間だと思う。そのおかげで、あの人の言葉から、重大なヒントをもらうことができた」

雪奈が小さく首を傾げた。「ヒントって？」

「あの人は、床田輝子のことを、植木雄太を護る者の一人と表現していた。それはつまり、床田輝子は、遺児の将来を心配しているということだ。それで最後に残った謎が解けた。明確かつ具体的な不利益を回避するために、床田厚志は植木雄太殺害を依頼してきた。でもそれなら、どうしてさっさと殺してもらわずに、二月十二日まで待ったのか。植木雄太が嘘でも大学に合格したと報告しないと、奥さんが安心しないからだ。逆に、受験前に植木雄太が殺害されたと知ると、奥さんは壊れてしまうかもしれない。だから、少なくとも合格発表日までは生きていてもらう必要があった。後は、殺し屋に植木雄太を殺してもらって、マスコミが騒ぐ数日間だけ奥さんをニュースから引き離しておけばいい。旅行にでも出掛けるとか」

「確かにそうだ」塚原も大きくうなずいた。「ただ者じゃないな。床田輝子が遺児の将来を心配していることを知っているから、植木雄太を護る者と表現した。説得材料として、なかなかの力がある。だから成功した」

「そう思う」僕はソファに身体を預けた。

「顔は憶えた。でもあの人本人が殺し屋にしろ、犯人グループの一人にしろ、剛柔どちらもいける、能力の高い相手だ」

僕は身を起こし、恋人と連絡係を見た。

「金輪際、関わり合いになりたくないね」

＊＊＊

「あっ、そうだ」

わたしはハンドバッグを取った。中から封筒を取って、本多に差し出した。「がんばってくれた、お礼」

けれど本多は片手の掌《てのひら》をこちらに向けてきた。「いりませんよ。今回は、殺しの手伝いをしたわけじゃありませんから」

「そんなわけにはいかない。フォローしてくれて、大助かりだったんだから。受け取ってもらわないと」

本多はほんの少しだけ悲しそうな顔をした。欲しいのはお金じゃないのだと言いたげに。

でも結局は受け取ってくれた。立ち上がって机に向かい、無造作に引き出しにしまった。ダイニングテーブルに戻ってくる。

「まあ、説得できたのはよかったです。決行直前に床田厚志がすっ転んだのもうまく利用できたのは、自分でも上出来だと思ってます」

「ああ。『その場にいないのに、あなたを転ばせられる人間を相手にして、まだやりますか』みたいなことを言ったんだよね。見事な機転だと思うけど――」

わたしはにやりと笑った。「それって、本当かもしれないよ」

本多の動きが止まった。「といいますと？」

「さっきの妄想」わたしは笑みを固定したまま続ける。「床田厚志が植木雄太殺害を殺し屋に依頼していたのなら、床田厚志は殺し屋に頼みながら自分でも殺そうとしたことになる。これって、殺し屋にとってはまずいよね。素人の床田厚志が植木雄太を襲ったら、確実に逮捕される。そしたら、床田厚志の口から殺し屋に依頼したことが、警察にわかってしまう。その殺し屋としては、床田厚志の口封じをしなくちゃいけない」

「…………」本多の顔が引きつる。わたしはなおも続けた。

「何らかの方法で足を止めて、そこからとどめを刺そうとしてた可能性がある。でも本多くんが現れたから、ひとまず様子見した。床田厚志が本多くんの説得に応じてすごすごと引き下がったから、殺すのをやめた。そんなことがあったのかもね」

「それなら」本多が喉に引っかかるような声を出した。「僕は命拾いしたってことですか？」

「それは違う」今度はわたしが片手を振った。「殺し屋は、無駄な殺しをしない。本多くんが、殺し屋が床田厚志を殺した瞬間を目撃したなんてことがないかぎり、放置だよ。それに犯行現場を目撃されるような間抜けな殺し屋は、とっくに淘汰《とうた》されてる」

本多が困ったように笑った。「そうならいいですけど」

わたしは大きく伸びをした。

「実行自体は難しくなかったけど、色々と気を遣った仕事だったね。おまけに――枯れ尾花かもしれないけど――変な殺し屋の影も見え隠れしたし。特急料金が上乗せされたとしても、あまり受けたくない仕事だった。でも、きちんと依頼を遂行できた以上――」

二本目の缶ビールを飲み干し、相棒に笑顔を向けた。

「若い二人には、幸せになってほしいもんだね」

この作品は「文春文庫」のために書き下ろされたものです。

DTP制作　エヴリ・シンク

文春文庫

女《おんな》と男《おとこ》、そして殺《ころ》し屋《や》

定価はカバーに表示してあります

2024年3月10日　第1刷

著　者　石《いし》持《もち》浅《あさ》海《み》
発行者　大沼貴之
発行所　株式会社 文藝春秋

東京都千代田区紀尾井町 3-23　〒102-8008
TEL 03・3265・1211(代)
文藝春秋ホームページ　http://www.bunshun.co.jp

落丁、乱丁本は、お手数ですが小社製作部宛お送り下さい。送料小社負担でお取替致します。

印刷製本・TOPPAN

Printed in Japan
ISBN978-4-16-792186-6

（　）内は解説者。品切の節はご容赦下さい。

阿部和重・伊坂幸太郎
キャプテンサンダーボルト（上下）
大陰謀に巻き込まれた小学校以来の友人コンビ。不死身のテロリストと警察から逃げきり、世界を救え！　人気作家二人がタッグを組んで生まれた徹夜必至のエンタメ大作。（佐々木　敦）
い-70-51

石持浅海
殺し屋、やってます。
《650万円でその殺しを承ります》――コンサルティング会社を経営する富澤允。しかし彼には、殺し屋という裏の顔があった…。殺し屋が日常の謎を推理する異色の短編集。（細谷正充）
い-89-2

殺し屋、続けてます。
ひとりにつき650万円で始末してくれるビジネスライクな殺し屋、富澤允。そんな彼に、なんと商売敵が現れて――殺し屋が日常の謎を推理する異色のシリーズ第2弾。（吉田大助）
い-89-3

伊東　潤
悪左府の女
冷徹な頭脳ゆえ「悪左府」と呼ばれた藤原頼長が、琵琶の名手に密命を下し、天皇に仕える女官として送り込む。保元の乱へと転がり始める時代をダイナミックに描く！（内藤麻里子）
い-100-4

伊東　潤
修羅の都
この鎌倉に「武士の世」を創る！　頼朝と政子はともに手を携え、目的のため弟義経、叔父、息子、娘を犠牲にしながらも邁進していく。その修羅の果てに二人が見たものは……。（本郷和人）
い-100-5

伊吹有喜
ミッドナイト・バス
故郷に戻り、深夜バスの運転手として二人の子供を育ててきた利一。ある夜、乗客に十六年前に別れた妻の姿が。乗客たちの人間模様を絡めながら家族の再出発を描く感動長篇。（吉田伸子）
い-102-1

伊吹有喜
雲を紡ぐ
不登校になった高校2年の美緒は、盛岡の祖父の元へ向う。羊毛を手仕事で染め紡ぐ作業を手伝ううち内面に変化が訪れる。親子三代「心の糸」の物語。スピンオフ短編収録。（北上次郎）
い-102-2

（　）内は解説者。品切の節はご容赦下さい。

岩井俊二
リップヴァンウィンクルの花嫁
「この世界はさ、本当は幸せだらけなんだよ」秘密を抱えながらも愛情を抱きあう女性二人の関係を描き、黒木華、Ｃｏｃｃｏ共演で映画化された、岩井美学が凝縮された渾身の一作。
い-103-1

岩井俊二
ラストレター
「君にまだずっと恋してるって言ったら信じますか？」裕里は亡き姉・未咲のふりをして初恋相手の鏡史郎と文通する――不朽の名作『ラヴレター』につらなる、映画原作小説。（西崎　憲）
い-103-2

いとうみく
車夫
家庭の事情で高校を中退し浅草で人力車夫として働く吉瀬走。大人の世界に足を踏み入れた少年と、同僚や客らとの交流を瑞々しく描く。期待の新鋭、初の文庫化作品。（あさのあつこ）
い-105-1

いとうみく
車夫2　幸せのかっぱ
高校を中退し浅草で人力車をひく吉瀬走。陸上部時代の同級生が会いに来たり、ストーカーにあったりの日々の中、行方不明だった母親が体調を崩したという手紙が届く。（中江有里）
い-105-2

伊与原　新
ブルーネス
地震研究所を辞めた準平は、学界の異端児・武智に「津波のリアルタイム監視」計画に誘われる。個性が強すぎて組織に馴染めないはぐれ研究者たちの無謀な挑戦が始まる！（巽　好幸）
い-106-1

伊与原　新
フクロウ准教授の午睡《シエスタ》
学長選挙が迫る地方国立大に現れた准教授・袋井。昼は眠たげで無気力なのに夜になると覚醒する〝フクロウ〟は、学長候補のスキャンダルを次々と暴いていく。果たして彼の正体は？
い-106-2

伊岡　瞬
祈り
東京に馴染めない楓太は、公園で信じられない光景を目にする。炊き出しを食べる中年男が箸を滑らせた瞬間――。都会の孤独な二人の人生が交差する時、心震える奇跡が。（杉江松恋）
い-107-1

（　）内は解説者。品切の節はご容赦下さい。

伊岡　瞬
赤い砂
男が電車に飛び込んだ。検分した鑑識係など3名も相次いで自殺する。刑事の永瀬が事件の真相を追う中、大手製薬会社に脅迫状が届いた。デビュー前に書かれていた、驚異の予言的小説。
い-107-2

伊岡　瞬
白い闇の獣
小6の少女を殺したのは、少年3人。だが少年法に守られ、「獣」は再び野に放たれた。4年後、犯人の一人が転落死する。少女の元担任・香織は転落現場に向かうが——。著者集大成！
い-107-3

歌野晶午
葉桜の季節に君を想うということ
元私立探偵・成瀬将虎は、同じフィットネスクラブに通う愛子から霊感商法の調査を依頼された。その意外な顚末とは？　あらゆる賞を総なめにした現代ミステリーの最高傑作。
う-20-1

歌野晶午
ずっとあなたが好きでした
バイト先の女子高生との淡い恋、美少女の転校生へのときめき、人生の夕暮れ時の穏やかな想い……。サプライズ・ミステリーの名手が綴る恋愛小説集は、一筋縄でいくはずがない⁉（大矢博子）
う-20-3

冲方　丁
十二人の死にたい子どもたち
安楽死をするために集まった十二人の少年少女。全員一致で決を採り実行に移されるはずのところへ、謎の十三人目の死体が⁉　彼らは推理と議論を重ねて実行を目指すが。（吉田伸子）
う-36-1

冲方　丁
剣樹抄
父を殺され天涯孤独の了助は、若き水戸光國と出会う。異能の子どもたちを集めた幕府の隠密組織に加わり、江戸に火を放つ闇の組織を追う！　傑作時代エンターテインメント。（佐野元彦）
う-36-2

榎田ユウリ
猫とメガネ
蔦屋敷の不可解な遺言
離婚寸前の会計士・幾ツ谷が流れ着いたのはシェアハウス〈蔦屋敷〉。離島育ちで純真な洋や毒舌イケメンの神鳴など風変わりな住人との共同生活が始まるが、相続を巡る騒動が勃発し⁉
え-17-2

（　）内は解説者。品切の節はご容赦下さい。

大沢在昌
魔女の笑窪
闇のコンサルタントとして裏社会を生きる女・水原。男を一瞬で見抜くその能力は、誰にも言えない壮絶な経験から得た代償だった。美しいヒロインが、迫りくる過去と戦う。（青木千恵）
お-32-7

大沢在昌
極悪専用
やんちゃが少し過ぎた俺は、闇のフィクサーである祖父《じい》ちゃんの差し金でマンションの管理人見習いに。だがそこは悪人専用住居だった！　ノワール×コメディの怪作。（薩田博之）
お-32-9

奥田英朗
イン・ザ・プール
プール依存症、陰茎強直症、妄想癖など、様々な病気で悩む患者が病院を訪れるも、精神科医・伊良部の暴走治療ぶりに呆れるばかり。こいつは名医か、ヤブ医者か？　シリーズ第一作。
お-38-1

奥田英朗
空中ブランコ
跳べなくなったサーカスの空中ブランコ乗り、尖端恐怖症で刃物が怖いやくざ……。おかしな症状に悩める人々を、トンデモ精神科医・伊良部一郎が救います！　爆笑必至の直木賞受賞作。
お-38-2

奥田英朗
町長選挙
都下の離れ小島に赴任することになった、トンデモ精神科医の伊良部。住民の勢力を二分する町長選挙の真っ最中で、巻き込まれた伊良部は何とひきこもりに！　絶好調シリーズ第三弾。
お-38-3

恩田　陸
まひるの月を追いかけて
異母兄の恋人から兄の失踪を告げられた私は、彼女と共に兄を捜す旅に出る。次々と明らかになる事実は、真実なのか——。恩田ワールド全開のミステリー・ロードノベル。（佐野史郎）
お-42-1

恩田　陸
夜の底は柔らかな幻（上下）
国家権力の及ばぬ〈途鎖国〉。特殊能力を持つ在色者たちがこの地の山深く集う時、創造と破壊、歓喜と惨劇の幕が切って落とされる！　恩田ワールド全開のスペクタクル巨編。（大森　望）
お-42-4

（　）内は解説者。品切の節はご容赦下さい。

荻原　浩
幸せになる百通りの方法
自己啓発書を読み漁って空回る青年、オレオレ詐欺の片棒担ぎ、リストラを言い出せないベンチマン……今を懸命に生きる人々を描いたユーモラス＆ビターな七つの短篇。（温水ゆかり）
お-56-3

荻原　浩
ギブ・ミー・ア・チャンス
漫才芸人を夢見てネタ作りと相方探しに励むフリーターを描く表題作ほか、何者かになろうと挑み続ける、不器用で諦めの悪い八人の短篇集。著者入魂の「あと描き」（イラスト）収録。
お-56-4

荻原　浩
楽園の真下
南海の孤島での連続自殺事件と、島に現れた巨大カマキリを結ぶ「鍵」とは？　荻原版「ジュラシック・パーク」ともいえる、ノンストップ・カマキリ・パニック・ホラー。
お-56-5

大崎　梢
プリティが多すぎる
文芸志望なのに少女ファッション誌に配属された南吉くんこと新見佳孝・26歳。くせ者揃いのスタッフや10代のモデル達のプロ精神に触れながら変わってゆくお仕事成長物語。（大矢博子）
お-58-2

大崎　梢
スクープのたまご
週刊誌編集部に異動になった信田日向子24歳。「絶対無理！」怯える気持ちを押し隠し、未解決の殺人事件にアイドルのスキャンダル写真等、日本の最前線をかけめぐる！（大矢博子）
お-58-3

大山誠一郎
密室蒐集家
消え失せた射殺犯、密室から落ちてきた死体、警察監視下で起きた二重殺人。密室の謎を解く名探偵・密室蒐集家。これぞ究極の密室ミステリ。本格ミステリ大賞受賞作。（千街晶之）
お-68-1

大山誠一郎
赤い博物館
警視庁付属犯罪資料館の美人館長・緋色冴子が部下の寺田聡と共に、過去の事件の遺留品や資料を元に難事件に挑む。超ハイレベルで予測不能なトリック駆使のミステリー！（飯城勇三）
お-68-2

（　）内は解説者。品切の節はご容赦下さい。

大島真寿美
渦
妹背山婦女庭訓　魂結び
浄瑠璃作者・近松半二の生涯に、虚と実が混ざりあい物語が生まれる様を、圧倒的熱量と義太夫の如き心地よい大阪弁で描く。史上初の直木賞&高校生直木賞W受賞作！　（豊竹呂太夫）
お-73-2

尾崎世界観
祐介・字慰
クリープハイプ尾崎世界観、慟哭の初小説！　売れないバンドマンが恋をしたのはピンサロ嬢――。「尾崎祐介」が「尾崎世界観」になるまで。書下ろし短篇「字慰」を収録。　（村田沙耶香）
お-76-1

垣根涼介
午前三時のルースター
旅行代理店勤務の長瀬は、得意先の社長に孫のベトナム行きの付き添いを依頼される。少年の本当の目的は失踪した父親を探すことだった。サントリーミステリー大賞受賞作。　（川端裕人）
か-30-1

垣根涼介
ヒート　アイランド
渋谷のストリートギャング雅《みやび》の頭《ヘッド》、アキとカオルは仲間が持ち帰った大金に驚愕する。少年たちと裏金強奪のプロフェッショナルたちの息詰まる攻防を描いた傑作ミステリー。
か-30-2

角田光代
ツリーハウス
じいさんが死んだ夏、孫の良嗣は自らのルーツを探るべく、祖父母が出会った満州へ旅に出る。昭和と平成の世相を背景に描く、一家三代のクロニクル。伊藤整文学賞受賞作。　（野崎　歓）
か-32-9

角田光代
太陽と毒ぐも
大好きなのに、どうしても許せないことがある。不完全な恋人たちの、ちょっと毒のある11のラブストーリー。「角田光代の隠れた傑作」といわれる恋愛短篇集が新装版で登場。　（芦沢　央）
か-32-17